가짜
산모
수첩

KUSHIN TECHO
by Emi Yagi

Copyright © Emi Yagi 2020
All rights reserved.
Japanese edition published by Chikumashobo Ltd.
Korean translation rights arranged with Chikumashobo Ltd.
through The English Agency (Japan) Ltd. and Korea Copyright Center Inc.

가짜 모산수첩

야기 에미 八木詠美 소설

윤지나 옮김

일러두기

옮긴이 주는 괄호 안에 '옮긴이'를 함께 넣어 표기했다.

차
례

임신 5주 차

저녁 무렵의 채소는 어찌나 싱싱한지 경수채 이파리 끝까지 수분이 꽉 들어차 있어 밤에 보는 것과는 사뭇 달랐다. 이 시간에 장을 보는 사람들의 얼굴은 왠지 비장해 보이기까지 했다. 집에 돌아가서 맛있는 음식으로 배를 채울 생각이 가득해서 그런가.

이 시간의 슈퍼마켓 풍경 또한 내가 알던 그곳이 맞나 싶을 정도로 생소했다. 살짝 말라 버린 회도, 빨간 핏물이 고인 닭고기 팩도 없었다. 매의 눈으로 반값 할인 스티커가 붙어 있는 반찬을 스캔하는 사람도 없었다. 조명이 안 그래도 하얀 바닥을 더욱 새하얗게 비추고, 슈퍼를 홍보하는 짧은 문구와 함께 무한 반복되는 음악은 물건을 사러 온 사람들의 웅성거림에 적당히 섞여 활기찬 분위기를 연출했다. 나는 줄이 짧은 계산대를 찾아가 줄을 섰다. 바로 앞에 허리가 굽어 키가 내 어깨에도 오지 않는 남자가 있었다. 뚱뚱하진 않았지만 살이 축 늘어진 팔뚝에 걸친 시장바구니 밖으로 가고시마현산 샤브샤브용 흑돼지 대짜 팩이 삐져나와 있었다.

적당히 채워진 시장바구니를 들고 집으로 가는 길에 올려다본 하늘은 아직 투명하게 밝았다. 현관문을 열고 집 안으로 들어갔다. 갑자기 어두침침한 실내로 옮겨 간 탓인지 가벼운 현기증이 나서 구두를 벗자마자 털썩 주저앉았다. 한동안 현관에 누워 뒹굴거리다 이 또한 나름의 작은 행복이라며 마음을 고쳐먹었다. 늦더위에 지칠 대로 지쳐 버린 요즘 어딘가 친근한 시원함을 주는 바닥에 만족해하는 여유라니. 문득 고개를 들어 석양이 든 집 안을 바라보고 있자니 마음이 평온해졌다.

이렇게 임신은 나에게 작은 행복과 고독을 선사해 줬다.

내가 임신한 것은 나흘 전이었다.

"어? 컵이 아직도 그대로 있네."

과장님이 부서 한 켠에 있는 회의실로 가더니 중얼거렸다. 오후의 찐득한 공기에 담배 냄새가 뒤범벅돼 있었다.

"이거 언제 거지? 어? 아, 오후 한 시에 손님 오셨을 때 구나."

이번에는 조금 더 큰 소리로 말했다. 마치 들으라는 듯 크게. 시간까지 확인시켜 준다고 해서 컵과 컵 받침이 발이 달려 혼자 싱크대까지 걸어 들어갈 리도 없는데.

아무도 고개를 들지 않았다. 모두 자기한테 하는 말이 아니라고 생각하는 것이었다. 나도 그들처럼 시선을 피했다. 그저 눈앞에 있는 컴퓨터 모니터만 뚫어져라 쳐다봤다. 눈에 너무 힘을 줬는지 하얀 화면에 금이 가듯 줄 같은 게 보였다. 바빠. 그래. 난 바빠. 사실이었다. 납기도 코앞이었고, 상반기 실적 보고 자료도 만들어야 했다. 다른 직원들처럼 나도 바빴다.

화면에 띄워 놓은 엑셀 파일 위에 그림자가 비쳤다.

이봐, 컵.

누군가 컵에게 말을 거는 것 같았다. 행여 단내 나는 숨을 마시게 될까 나는 입을 꾹 다문 채 애꿎은 스페이스키만 눌러 댔다.

"시바타 씨."

과장님이 바로 뒤에 서 있었다. 연기처럼.

"시바타 씨, 회의실 커피 잔 여태 그대로 있나 본데."

"아, 예⋯⋯."

내가 마지못해 자리에서 일어났을 때 과장님은 이미 제일 안쪽에 있는 본인 자리로 돌아가 인터넷에서 샀다는 요통 방지 쿠션을 바로 세우는 중이었다.

여전히 고개를 드는 사람은 없었다. 당연한 건가? 커피 잔을 치우는 일은 자기들 소관이 아니라고 여기니 본인들이 치운다는 생각 자체를 해 보지 않았을 게 분명했다. 나는 통로 한가운데에 쓰러져 있는 쓰레기통을 세워 놓고 회의실로 향했다.

말이 좋아 회의실이지 같은 층 한 켠에 작은 책상과 의자 몇 개를 가져다 둔 게 전부였다. 벽 대신 세워 둔 파티션에 스카치테이프를 덕지덕지 붙였다 뗀 자국이 지저분하게 남아 있었다. 도대체 뭘 하려고 이런 데 테이프를 붙였는지 이해되지 않았지만, 거의 모든 파티션에 비슷한 흔적이 있었고 어떤 건 아직도 끈적끈적했다. 사실 아래층에 손님 접대실이 있긴 한데 부장급 이상이 아니면 쓰지 않았다. 아니, 쓸 수 없었다.

처음에는 반항이라기보다 그냥 어떻게 하나 지켜볼 요

량이었다. 다른 누군가가, 예를 들어, 회의에 참석했던 사람이 컵 하나 정도는 치울 수 있지 않을까 싶어서. '아, 겨우 회의가 끝났네. 참, 다 마신 커피 잔은 어떡할까? 시바타 씨가 준비해 줬으니 치우는 건 내가 할까?'라고 생각하는 사람이 한 명 정도는 있지 않을까 싶어서. 회의 참석자도 아닌 내가 굳이 회의가 끝날 때까지 기다렸다가 컵을 치워준다? 그럼 만약에 내가 컵을 치우지 않는다면 과연 그들은 어떤 반응을 보일지 호기심이 살짝 발동했다.

사실 커피가 조금 남은 잔에 담배꽁초를 꽂아 두지만 않았어도, 오후 네 시 반까지 방치된 담배꽁초 냄새가 이렇게까지 지독하게 남아 있지만 않았어도 순순히 회의실을 치울 생각이었다.

"죄송한데요."

나는 지나가는 과장님에게 말을 걸었다. 그는 탕비실로 가려던 참이었는지 머그 컵과 티백을 들고 있었다. 아마도 최근 맛 들렸다던 신선초 차일 것이었다.

"커피 잔 정리 좀 대신해 주시면 안 될까요?"

"뭐?"

"못하겠어요."

"갑자기 왜?"

"저 임신했어요. 커피 냄새만 맡으면 입덧을 해서요. 담배 연기도 마시면 안 되고요. 원래 이 건물 전체가 금연 아닌가요?"

그리하여 나는 덜컥 임신을 했다.

인사과에서 출산 예정일이 언제인지 묻기에 대충 내년 5월 중순쯤이라고 둘러댔다. 역산하면 현재 나는 임신 5주 차였다. 본의 아니게 임신 소식을 일찌감치 직장에 알린 셈이 됐다.

임신 기간 동안의 업무량은 컨디션을 봐 가며 부서 내에서 정하라고 해서 일단 과장님과 면담부터 했다. 과장님은 또 부장님과 상의했다. 과장님은 곤란해하는 눈치가 역력했다. 이유는 곰곰이 생각해 보지 않아도 빤했다. 우리 부서는 나를 제외하곤 모두 남자였다. 내가 입사하기 전에는 비정규직 여직원 두 명이 있었다는데, 한 명은 부모님을 부양하는 문제로, 다른 한 명은 결혼하면서 그만뒀다고 했다.

임신 안정기로 들어설 때까지 당분간은 정시에 퇴근할 수 있게 해 달라고 혹시나 하고 말해 봤는데 생각보다 쉽게 허락이 떨어졌다. 내가 없는 데서 뒷담화를 했을지는 모르나 내 귀에만 들어오지 않으면 아무 상관없었다. 업무를 줄여 주라는 지시가 바로 떨어져서 지금까지보다 매일 두

세 시간은 일찍 퇴근할 수 있게 됐다. 부장님과 과장님이 아내가 임신했을 때의 상황을 기억하지 못한 덕분이었다.

부장님과 과장님은 내 퇴근 시간보다 손님이 오면 커피를 어떻게 할지에 더 많은 관심을 보였다. 손님이 방문했을 때 누가 인원수대로 커피를 내가고 치울지가 걱정됐기 때문이리라. 아니면, 우유가 떨어졌을 시 어느 부서에 신청해야 하는지 따위라든가. 그들은 이런 자잘한 내용을 파일로 작성해 달라고 했다. 커피는 내가 없는 사이 남자 직원들끼리 이야기해서 재작년에 입사한 남자 신입 사원이 담당하기로 한 모양이었다. 이 남자 신입이 커피 끓이는 법을 알려 달라고 해서 탕비실에서 같이 연습을 했다.

"별로 안 어려운데요?"

그가 신기한 듯 말하기에 내가 대꾸했다.

"믹스커피니까."

임신 7주 차

처음에는 어디서 무슨 행사라도 열린 줄 알았다. 그게 아니라면 외근을 나갔다 회사로 들어가는 사람들일 거라 생각했다. 설마 이렇게 이른 시간에 귀가하는 사람들로 전철이 혼잡할 거라고는 꿈에도 생각지 못했다. 게다가 '오늘은 일찍 퇴근했다'며 좋아하는 기색조차 없었다. 너무나 당연한 듯 오후 다섯 시가 조금 넘은 시간에 퇴근하는 사람들이 이토록 많다는 사실에 내심 놀라지 않을 수 없었다.

그들은 남녀 불문하고 나보다 나이가 꽤 많아 보이거나, 아니면 나보다 조금 어려 보이는 여자들이었다. 만원 전철 안의 나보다 어려 보이는 여자들은 퍼진 치맛자락이 신경 쓰이는지 손으로 치마를 누르며 스마트폰 화면을 들여다보고 있었다. 내가 지금까지 퇴근 시간에 전철에서 마주쳤던 여자들과 달리 공들여 화장한 얼굴의 여자들이 많이 보였다. 저녁이 가까워 오는데도 기초 화장은 전혀 무너지지 않았고 오렌지색 블러셔는 방금 바른 듯 반짝반짝 빛이 났다.

반면에 나보다 나이가 들어 보이는 여자들은 화장기가 없는 이들이 많았다. 그리고 상당히 많은 사람들이 몸에 딱 붙는 커트 앤드 소운(뜨개질한 천을 잘라서 만든 옷 – 옮긴이) 스타일의 옷을 입고 있었다. 사람들은 니트라 부르기도 뭣하고 그렇다고 셔츠나 블라우스는 더더욱 아닌 옷에 커트 앤드 소운이라는 용어를 붙여 놓았다. 보통은 블랙이나 화이트

컬러의 옷을 입고 있었지만, 전철 안을 쭉 둘러보니 파스텔 톤 핑크, 노랑, 보라 등도 적잖이 보였다. 여기에 헐렁한 바지와 워킹 슈즈를 매치하는 게 요즘 중년층의 기본 트렌드인 듯했다. 멍하니 서 있는데 내 앞에 앉은 파스텔 그린 컬러의 커트 앤드 소운 스타일 옷을 입은 여자가 물통을 꺼내더니 뚜껑에 차를 조금 따라 마셨다. 아직 얼음이 남아 있는지 달그락달그락 얼음이 가볍게 부딪히는 소리가 났다.

전철에서 내려 역 앞 슈퍼에 들렀다. 전철 안에서 검색해 둔 레시피를 보면서 고기와 채소를 집어 들었다. 이 시간에는 아직 물건이 많았다. 어쩌다 산지 직송 채소나 제철 생선이 눈에 띄면 그것도 바구니에 담았다. 계산하려고 줄을 서서 밖을 내다보니 고등학생 정도로 보이는 남학생들이 학교 이름이 큼지막하게 프린트된 운동 가방을 들고 다코야키를 파는 포장마차에 몰려 있었다. 뜨거운 다코야키를 입안 가득 물고 있는 학생들의 얼굴이 햇볕에 잔뜩 그을린 탓인지 서로 분간이 되지 않을 정도로 비슷해 보였다.

이렇게 장을 보고 집에 왔는데도 아직 저녁 여섯 시 반이었다. 베란다로 나가니 누군가 피아노 연습 중인 건지 같은 멜로디가 반복해서 들려왔다. 널어놓은 빨래를 걷어서 개키고 청소기를 돌린 다음 저녁 식사를 준비했다. 오늘 저녁의 메인 요리는 우엉과 연근을 넣은 닭조림이었다. 웍에 뚜껑을 덮어 닭고기를 조리는 동안 미소 된장국과 밑반찬을 만들었다. 가을 가지를 넣어 미소 된장국을 끓이고, 밑반찬으로 나물 어묵무침을 했다. 시간이 많아지니 상대적으로 해 먹을 수 있는 음식의 가짓수도 늘어나서 최근 들어서는 임신부에게 좋다는 건강식으로 챙겨 먹고 있었다. 그래서인지 피부가 좋아지고 체중도 조금 늘어난 것 같았다.

어제 점심시간에는 맞은편에 앉은 남자 직원이 입덧이 좀 괜찮은지 물었었다.

"네. 심하진 않은 편이에요."

"다행이군. 요즘 편의점 도시락도 끊은 모양이던데. 임신하더니 신경 많이 쓰네."

지난주부터 집에서 도시락을 싸 갖고 다니는 걸 본 모양이었다.

저녁 식사를 마칠 때쯤 바깥이 어둑어둑해지기 시작했다. 밤바람이 방충망 사이로 살랑살랑 불어 들어와 맨발을 간지럽혔다. 커튼을 치러 일어난 김에 화장실로 가서 욕조에 물을 틀어 뒀다.

예전에는 퇴근하고 집에 오면 샤워만 했는데 요즘은 욕

조에 충분히 몸을 담글 만한 여유가 생겼다. 선물이나 답례품으로 받아 세면대 아래에 쌓아 두기만 했던 입욕제도 꺼내 썼다. 기분 탓인지 모르겠지만 비싼 입욕제를 쓰니 피로가 더 잘 풀리는 것 같았다. 이런 고급 입욕제는 아껴 뒀다가 야근하고 말도 안 나올 정도로 피곤한 날 개봉하면 더할 나위 없이 좋겠지만, 사실 너무 힘들면 아무 생각도 나지 않으니까.

오늘 고른 건 사해 소금 입욕제였다. 욕조 안이 금세 작은 사해가 됐다. 소금 성분이 땀선으로 들어가 몸속 노폐물을 배출시킴으로써 발한 작용을 한다고 했다. 입욕제 덕인지 몸이 붕 뜨는 느낌이 들었다. 가만히 욕조 물에 몸을 맡겼다. 모든 걸 잊고 나만의 사해를 음미하며 오래전 수족관에서 봤던 듀공(인어를 닮았다는 바다 포유동물 – 옮긴이)을 떠올렸다. 그날 처음이자 마지막으로 본 듀공은 속고 속이는 일은 상상조차 할 수 없는 천진무구한 순둥이 같은 얼굴로 초록색 수조를 느릿느릿 쉼 없이 유영했었다.

입욕제의 효능 덕인지 목욕을 하고 드라이어로 머리를 말리는데 방이 조금 덥게 느껴졌다. 이제 슬슬 치워야 하나 싶던 선풍기를 방 한가운데 갖다 놓고 1인용 소파에 앉았다. 방충망 너머로 집 앞을 지나가는 학생들의 목소리가 들려왔다. 음악은 틀지 않았다.

나는 내가 음악을 좋아한다고 생각했다. 집에서 역까지
걸어갈 때, 사람이나 전철을 기다릴 때 스마트폰으로 음악
을 들었고, 여름에는 뮤직 페스티벌에 가기도 했다. 그런데
이렇게 시간이 생긴 이후로는 아무도 없는 방에서 어떻게
음악을 들어야 할지―눈에 보이지 않는 가수가 열창하는
동안 어디에 시선을 두고 어떤 표정을 지어야 할지― 좀 난
감했다. 특히 멤버가 많은 밴드 음악을 들을 때는 더 애매
했다. 문득 취미가 음악 감상인 사람들은 어떤 식으로 음악
을 듣는지 궁금해졌다. 눈을 감고 조용히 듣기만 하나? 시
선을 허공에 두고 머리와 허리를 흔들면서 듣는 건가? 30
년 남짓 살아오면서 처음으로 내가 생각보다 아는 게 많이
없는 사람이라는 걸 깨달았다.

간접 조명만 남기고 불을 다 껐다. 그러고는 소파의 팔
걸이를 베고 벌러덩 누웠다. 천장을 쳐다보며 적당한 멜로
디를 붙여 가볍게 흥얼거려 봤다. 평소에 말할 때보다 목
소리가 가늘고 허스키하게 들렸다. 나쁘지 않은데? 재미
가 들려 꽤 여러 곡을 연속으로 불렀다. 그러다 문득 시계
를 보니 몇 주 전이었으면 늦은 저녁 식사를 막 시작할 시
간이었다.

밤은 아직 길었다.

임신 8주 차

　일주일 전부터 저녁을 먹고 나서 목욕을 하기 전에 스트
레칭을 하고 있었다.

　"항상 몸조심하세요."

　다른 부서 여직원이 갑자기 내 자리에 찾아와서 임신 초
기에 좋다는 스트레칭 방법이 담긴 프린트물을 주고 갔다.
잡지를 복사한 듯했는데 좀 오래돼 보였다. 여자 모델의 가
느다란 갈매기 눈썹과 묘하게 팔랑거리는 옷에서 세월이
느껴졌고, 이상하게 의사의 설명 부분만 화질이 좋지 않았
다. 그런데 웬걸, 심심해서 한번 해 봤는데 뭉친 어깨가 의
외로 시원하게 풀리는 것이 아닌가. 생각보다 효과가 있는
것 같아서 그 뒤로 꾸준히 따라 하는 중이었다.

　스트레칭 프린트물을 준 여직원은 차도 가져다줬다. 아
는 체조 선생님이 직접 달인 엽산 허브차라고 했다. 야릇하
게 선명한 황록색에 유황 비슷한 냄새가 났는데 마셔 보니
맛이 나쁘지 않았다. 오늘은 찬물에 우려서 마셔야지. 아무

도 없는 텅 빈 배 속으로 허브차가 흘러 들어갔다.

이 여직원, 같은 부서 사람들, 임신 후 면담한 인사과 직원을 빼면 내가 임신한 것에 대해 대놓고 이야기하는 사람은 없었다. 그러다 생산 관리부 월말 회의에서 부장님이 나의 임신 사실을 모두에게 공개하고, 내년 봄에 출산 휴가를 들어갈 예정이니 연초부터 조금씩 업무 인수인계를 시작하라고 한 이후로 부서의 남자 직원들은 수시로 내 몸 상태를 살폈다. 내가 멈춰 서 있거나 자리를 뜰 때마다 "괜찮아?" 하고 물었다. 그러나 그뿐이었다. "축하해."라는 말이나 "남자아이야? 여자아이야?"라는 질문은 일절 하지 않았다. 아마도 내가 결혼을 하지 않았기 때문일 것이었다.

그래도 그렇지. 아니, 그래서 그런가? 내가 말하지도 않았는데 어떻게 알았는지 프린트물과 허브차를 가져다준 여직원처럼, 나의 임신 소식은 작은 지관 제조 회사 내에 쫙 퍼져 대부분의 직원들이 알고 있는 모양이었다. 엘리베이터에서 마주치거나 복사기를 쓸 때면 내 배를 힐끔거리는 시선이 느껴지는 게 우연은 아닌 듯했다. 얼마 전에는 음료수를 사려고 휴게실에 갔는데 나를 보자마자 사람들이 갑자기 조용해졌다. 그러고는 너무나 티가 나게 어색한 얼굴로 재빨리 화제 전환을 시도했다. 나는 보란 듯이 텅 빈 배에 가만히 손을 올리고 쓰다듬는 시늉을 했다. 한번 시작한 건 제대로 하는 성격이라…….

사내에서 유일하게 적극적으로 말을 붙이는 사람은 히가시나카노 씨였다.

"이름은 정했습니까?"

회의가 끝나고 자리로 가려는데 그가 물었다.

"아직 성별도 몰라서요"

"그래요?"

히가시나카노 씨는 손가락을 꼽아 가며 숫자를 세는가 싶더니 이내 뭔가 알겠다는 표정으로 두어 번 고개를 끄덕이다가 자리를 떴다. 머리를 주억일 때마다 비듬으로 추정되는 흰 가루가 날렸다.

그날 이후로 히가시나카노 씨는 하루에도 몇 번씩 내 상태를 확인했다. 하필이면 내 옆자리라 그는 내가 겉옷을 걸치면 추운지 묻고, 기침 한 번이라도 하면 병원에 가 보라고 했다. 한번은 보고서가 잘못돼서 과장님한테 한 소리 듣고 한참을 키보드만 두드리고 있기에 열심히 보고서를 수정하는 줄 알았다.

"시바타 씨."

그가 작은 소리로 나를 부르더니 종이 한 장을 프린트해서 건네줬다. 종이 윗부분에 '임신 중 적극적으로 먹으면 좋은 음식과 되도록 피해야 하는 음식 리스트'라고 돼 있고, '톳'이 적힌 칸에는 '먹어도 되지만 일주일에 두 번까지만'이라고 유독 큰 글씨로 적혀 있었다.

히가시나카노 씨한테선 항상 풀 냄새가 났다. 옛날에 쓰던 물풀 냄새. 딱히 역한 건 아니지만 그렇다고 막 좋지도 않은, 그냥 딱 물풀 냄새였다. 다만 히가시나카노 씨의 옆자리에 앉게 된 지 어느덧 1년 정도 됐으나 그가 물풀을 쓰는 걸 본 적은 없었다.

임신 10주 차

주말에 친구들을 만났다. 대학 졸업 후 입사한 회사의 동기 두 명과 히비야 근처 상가의 지하에 있는 술집에서 한잔했다.

얇은 칸막이를 사이에 두고 아버지뻘 되는 남자들이 앉아 있었다. 칸막이가 무색하게 그들의 쩌렁쩌렁한 목소리와 담배 냄새가 우리 쪽으로 고스란히 넘어왔다. 학창 시절의 추억담이며, 한창 경기가 좋던 때의 접대 일화, 주차장 경영을 시작했다는 이야기를 마치 한자리에 앉아 듣는 느낌이었다. 뭐, 우리는 우리대로 건강 이야기도 했다가 미용 이야기도 했다가 하며 내키는 대로 수다를 떨었다. 모모이가 최근 들어 생리가 끝나고 컨디션이 계속 좋지 않아서 한약을 먹기 시작했다고 말했다.

"나도 얼마 전에 남편이랑 갔었어."

유키노의 '나도'는 대부분 다른 사람이 앞에 했던 말과 상관이 없었다. 나는 문어를 한 입 깨물었다. 문어 살이 너무 차가웠다. 냉동인가?

"남편이 무슨 아트 아쿠아리움 티켓을 받았다면서 가자고 하더라고. 예쁘더라. 근데 우리 앞에 대학생 정도로 보이는 커플이 있었는데, 남자애가 '네가 온 세상을 적으로 돌린대도 난 영원히 네 편이야!'라고 하는 거야. 그게 가능하니? 말도 안 되지."

"그런 사람도 있을 수 있지."

모모이는 음료 메뉴를 보면서 심드렁하게 말했다. 술집 내부가 어두워서 잘 보이지 않는지 메뉴판에 얼굴을 바짝 갖다 대고 보는 중이었다. 뻣뻣해 보이는 머리카락이 귀 언저리에서 쓱 삐져나와 있었다. 그러고 보니 모모이는 첫째를 출산한 뒤로 줄곧 쇼트커트를 고수해 왔다.

"그렇긴 한데……."

"그럼 왜?"

"애초에 여자 친구가 세상을 적으로 돌리게 하지 말아야
지. 그리고 살면서 세상을 적으로 돌릴 만한 큰일이 뭐가
있겠니? 별로 없잖아. 어차피 세상을 적으로 돌려 봤자 승
산도 없고. 정말로 사랑한다면 여자 친구가 그런 무모한 짓
을 못하게 미리 막아 주는 게 맞지."

유키노는 이렇게 말하고는 시메사바(고등어 초회 - 옮긴이)
를 한 점 먹고 아이스크림을 띄운 술을 들이켰다. 아이스크
림 아래에서 맥없이 탄산이 터졌다. 하이볼 플로트? 이런
술이 있었나 싶어 찾아볼까 하다가 얼굴을 잔뜩 찌푸린 채
메뉴판을 넘기는 모모이를 보고 관두기로 했다.

유키노는 아무도 생각지 못한 일을 늘 제일 먼저 경험했
다. 동기 중에서 제일 먼저 이직한 것도, 또 제일 먼저 결
혼한 것도 유키노였다. 언젠가 셋이서 온천에 갔을 때였
다. 화장을 지웠는데도 유키노의 눈매가 유난히 또렷하기
에 혹시나 하고 물어봤더니 아이라인 문신 덕분이라고 귀
띔해 줬다.

"이거 진짜 아파."

유키노의 눈썹 문신 썰을 들으며 나와 모모이는 이야기만 듣는데도 우리 몸이 다 찌릿찌릿한 것 같다면서 호들갑을 떨었었다.

"그래도 남편이랑 사이좋잖아. 결혼한 지 얼마나 됐더라?"

모모이가 한마디 던지고는 메뉴를 보는 게 귀찮아졌는지 종업원을 불렀다.

"생맥주 한 잔 더 주세요."

"한 7, 8년 됐나? 사이가 좋은 건 잘 모르겠고, 둘만 있으니까 편하긴 해."

"그렇구나. 남편이 회사 경영하지? 예전에 인터넷에서 인터뷰 기사 봤었어."

"경기가 좋아서 잘될 때는 괜찮은데 난 별로야. 아, 남편 전화네. 미안. 나 전화 좀 받고 올게. 요즘 이 사람이 툭하면 전화를 해서."

유키노가 스마트폰을 들고 밖으로 나갔다. 나와 모모이도 습관적으로 스마트폰을 집었다.

"아, 깜빡했다!"

모모이가 내일 다른 엄마들과 아이들을 데리고 소풍을 가기로 한 걸 잊고 있었다며 하소연하듯 말했다.

"아, 도시락 뭐 쌀지 결정 못했는데. 다 냉동식품으로 싸

기도 그렇고. 안 되겠다. 마트에 들러서 장을 보고 집에 들어가야겠다."

"소풍이란 말 오랜만에 들어 보네. 힘들겠다."

"내일은 친한 엄마들끼리 가는 거라 그나마 괜찮은데, 어린이집 운동회 같은 건 완전 스트레스야."

유키노가 통화를 끝내고 돌아오자 자연스럽게 오늘은 이쯤에서 마무리하자는 분위기가 형성됐다. 모모이가 막 나온 생맥주를 단숨에 들이켜고 계산을 요청했다. 술집을 나서자 음식점을 물색하는 행인들과 동아리 모임을 하는 듯한 대학생들로 거리가 북적거렸다. 둘은 JR(일본의 철도 회사 – 옮긴이) 유라쿠초역까지 걸어갔고, 전철을 타야 하는 나는 히비야역으로 향했다. 개찰구 앞에서 정기권을 꺼내려고 가방을 열었는데, 오봉(일본의 추석 – 옮긴이) 때 본가에 갔다가 둘에게 주려고 산 선물이 그제서야 눈에 들어왔다. 토요일 밤 아홉 시가 지난 전철은 한산했다.

전철에서 내리자 왠지 모르게 그냥 집에 들어가기 아쉬운 생각이 들었다. 그렇다고 뭘 더 먹기도 애매해서 아직 문이 열려 있는 역 앞 서점에 들렀다. 서점 입구 바로 옆에 위치한 잡지 코너에서 내 나이 또래인 듯한 여자가 열심히 뭔가를 읽고 있었다. 다마고 클럽(일본의 임신, 출산, 육아 잡지 - 옮긴이)이었다. 어깨에서 자꾸만 흘러내리는 파스텔 핑크색 핸드백을 연신 고쳐 메면서도 여자의 두 눈은 잡지에서 떨어지지 않았다. 그런데 여자가 핸드백을 어깨에 고정시킬 때마다 손잡이 부분에 달린 어떤 물체가 계속 흔들리고 있었다. 아! 나는 스마트폰을 꺼내 검색을 하고는 그길로 서점을 나왔다.

임신부 배지는 전철역 사무실에서 바로 받을 수 있었다.

"축하드립니다. 이쪽으로 오시죠."

"저, 하나 더 받을 수 있을까요? 혹시나 해서 여분이 있으면 좋을 것 같은데요."

배지 하나는 회사 갈 때 주로 드는 토트백에, 나머지 하나는 짐이 많은 날에 드는 백팩에 달았다. 할머니가 유시마 텐진(도쿄에 위치한, 문학과 학문의 신을 기리는 신사 - 옮긴이)에서 줄까지 서 가며 사다 준 합격 기원 부적 말고, 이렇게 가방에 뭔가를 달아 보는 건 처음이었다.

가장 먼저 임신부 배지를 알아차린 사람은 역시나 히가
시나카노 씨였다. 월요일에 히가시나카노 씨가 출근하는
나를 보더니 정신없이 떨던 다리를 딱 멈추며 말했다.

"이제 진짜 임신부 같으시네요."

나는 기계적으로 고개를 끄덕했다.

"시바타 씨 애는 왠지 아들일 것 같아요."

그러냐고 대꾸하려는 찰나 히가시나카노 씨의 내선 전
화가 울렸다. 무슨 일인지는 모르지만 히가시나카노 씨는
전화기에 대고 큰 소리로 거듭 "죄송합니다. 정말 죄송합
니다."라고 했다. 히가시나카노 씨에게는 하루가 멀다 하
고 누군가에게 사과할 일이 생겼다.

임신부 배지를 달고 다닌 후부터 전철에서 사람들이 자
리를 양보하기 시작했다. 정말 아무렇지도 않았기 때문에
웬만하면 거절했다. 하지만 자리에서 일어난 사람들이 한
사코 괜찮다고 하니 이제는 그냥 받아들이고 자리에 앉기
로 했다. 진짜 괜찮은데. 블라우스를 올려 배를 보여 주고
싶은 마음이 굴뚝같았지만 좋은 마음으로 자리를 양보해

준 상대방을 난감하게 하고 싶진 않았다.

임신 13주 차

뭔가가 미끄덩거리며 아랫배를 타고 흘러내리는 느낌
이 났다. 시작됐구나. 어쩐지 오늘은 일어날 때부터 손발
이 얼음같이 찼었다. 흰색 면바지를 입을까 고민하다 검은
색 스커트를 고른 아침의 내가 조금 대견해지는 순간이었
다. 가방 안에서 파우치를 움켜쥐고 주위를 살핀 다음 재
빨리 주머니에 넣었다. 나는 지금 생리를 하면 안 되는 사
람이니까.

종종걸음으로 아무도 없는 복도를 지나 여자 화장실 앞
까지 왔는데, 안에서 대화를 나누는 소리가 들렸다. 나는
화장실에 들어가지 못하고 문 앞에서 그대로 얼어 버렸다.
이 시간에는 아침에 미처 화장을 못하고 출근한 직원들이
화장실에서 화장을 했다. 월요일과 금요일에는 화장하는
여직원들이 특히 더 많았다. 얼마 전까지만 해도 남이야 화
장을 하든 말든 전혀 신경 쓰지 않았지만 지금은 달랐다.
게다가 회사 건물 화장실에는 매너 벨이 없어서 생리대 포

장을 뜯는 소리를 감추기 어려웠다. 행여 누구 하나라도 이 소리를 들어서, 내가 유산을 했다는 둥 부정 출혈이 있다는 둥 각종 추측들이 사람들의 입방아에 오르내리는 일만은 피하고 싶었다. 잠깐만, 임신 중이라도 분비물 때문에 생리대를 쓰려나? 미리 알아볼걸. 후회가 물밀듯 밀려왔다.

이런저런 생각을 하는 사이 배 안쪽 깊숙한 곳에서 뭔가가 한 번 더 흘러내렸다. 따뜻하고 미끄덩한 것. 새를 산 채로 해부하면 아마 이런 내장이 들어 있지 않을까. 나는 지난주에 먹은 닭 내장을 떠올리며 엘리베이터로 향했다.

현재 진행형으로 생리가 터진 사람치고는 내가 생각해도 상당히 냉정하게 대처하고 있었다. 여행사가 들어와 있는 1층 화장실은 직원뿐 아니라 일반 고객도 이용하므로 의심을 받을 만한 일이 생기지 않으리라. 현명한 선택이었다.

카운터에서 흘러나오는 하와이 여행 홍보 광고를 들으며 화장실 칸에서 나와 따뜻한 물에 천천히 손을 씻었다. 세면대에 온수와 냉수가 다 나오는 것, 그리고 한여름을 제외하고는 좌변기가 따뜻한 것이 매너 벨이 갖춰지지 않은 이 건물 화장실의 몇 안 되는 장점이었다. 나는 손을 씻고 나서 파우치에서 진통제를 꺼내 먹었다. 생리 첫날에는 진통제를 꼭 먹는데 임신 중에 복용하면 안 되는 약도 있을지 몰랐다. 아무 생각 없이 자리에서 약을 먹다가 히가시나카노 씨한테 들키기라도 하면 난리가 날 게 분명했다.

로마, 피렌체, 베네치아 3개 도시 8일 투어가 19만 엔(한화 약 193만 원 – 옮긴이)대부터! 자세한 내용은 카운터에 문의하시거나 팸플릿을 참조하세요!

몸이 찌뿌둥하고 나른했다. 나는 세상 관심 없는 광고를 흘려들으며 사원증을 목에 걸었다. 그러고는 온몸을 뒤틀 듯 조여 오는 배와 차다 못해 아프기까지 한 손발을 이끌고 자리로 돌아왔다.

"시바타 씨, 괜찮아요? 안색이 안 좋아 보여요. 버퍼린(진통제 – 옮긴이)이나 록소닌(소염 진통제 – 옮긴이)은 있는데……. 아, 아기한테 안 좋으려나?"

히가시나카노 씨가 서랍 속을 마구 휘저어 댔다. 와이셔츠 칼라에 묻은, 피둥피둥 살이 찐 두더지처럼 보이는 갈색 얼룩이 눈에 띄었다. 나는 바람이라도 빼는 듯 파우치를 꽉 움켜쥐었다.

"괜찮아요. 아무렇지 않아요."

집에 와서도 생리통이 멈추지 않았다. 평소보다 뜨겁게 욕조 물을 받는 동안 지난달 치 가계부를 정리했다. 한동안 스마트폰 앱으로 기록하다가, 신용 카드 결제 대금의 자동 이체 합계가 좀 까다로워서 결국 컴퓨터의 엑셀 프로그램으로 월별 시트를 만들어 정리하고 있었다.

계산해 보니 지난달 저축액이 목표 금액보다 적었다. '길게 여행을 간 적도 없고, 특별히 옷을 많이 산 것도 아니고, 임신한 이후로는 점심 도시락도 싸 갖고 다녔는데 이유가 뭐지?' 하면서 구체적인 항목을 찾아보니 의료비 지출이 전달보다 많았다.

아, 맞다! 그제야 생각이 났다. 의료 보험료 1년 치가 이체된다는 내용의 우편이 왔었다. 엄마가 보험은 한 살이라도 젊을 때 들어야 싸다고 해서 서른 살 생일 직전에 가입했었다. 다행히 지금까지는 누구한테 자랑할 정도는 아니더라도 큰 병 없이 건강하게 지내는 편이었다.

이전 달보다 지출이 큰 항목이 하나 더 있었다. 취미·오락비였다. 이건 늘어날 거라고 예상하긴 했다. 야외 뮤직 페스티벌에 갔었기 때문이다. 원래는 모모이랑 같이 가기로 돼 있었는데 전날 모모이네 둘째가 열이 나는 바람에 나 혼자 갔다. 둘이 가는 걸 생각해서 2인용 텐트를 렌트했는데 취소가 안 된다고 했다. 모모이는 렌트비의 반을 부담하겠다고 했지만, 전화기 너머로 온 세상이 떠나가라 울어 대는 아이의 목소리를 들으니 차마 그렇게 할 순 없어서 됐다고 하고는 내가 렌트비 전액을 냈다. 뮤직 페스티벌은 뭐, 나름 재미있었다.

보험료는 보험을 해약하거나 보장 내용을 변경하는 것 외에 방법이 없고, 뮤직 페스티벌은 1년에 여러 번 있는 게 아니라서 이번만은 그냥 눈 딱 감고 넘기기로 했다. 문제는 내년 초로 예정돼 있는 월세 재계약이었다. 저축해 놓은 돈이 있어서 당장 문제가 되는 건 아니었다. 하지만 임신한 이후로 야근 수당이 사라진 데다 육아 휴직 기간을 고려하면 저축한 돈을 어떻게 해야 할지 고민하지 않을 수 없었다.

나는 책장 끄트머리에 끼워 놓은 파일을 곁눈질했다. 몇 달 전 엄마가 보내 온 택배 상자 안에 쌀, 사과, 그리고 천 원 숍에서 산 아보카도 커터와 함께 들어 있던 것이다. 요즘 엄마는 이런 자질구레한 물건들에 꽂혀 있었다. 도쿄에 있는 몇 년 된 아파트와 대출 정보가 담긴 프린트물이 여러 장 있었다. 인터넷에서 대충 검색해 출력한 건 줄 알고 버리려고 했는데 큼지막하게 붙어 있는 메모가 눈에 들어왔다. 도쿄에 있는 몇 년 된 방 하나짜리 작은 아파트를 대출 받아 사면 한 달에 얼마씩 나가는지에 대한 내용과, '조금은 도와줄 수 있으니 생각해 봐.'라고 쓴 가늘고 긴 멸치같이 생긴 아빠의 글씨가 보였다. 나는 파일에서 눈을 돌렸다. 내가 사는 연립 주택 앞 도로에 트럭이 지나가는지 창틀이 덜컹거렸다.

컴퓨터 화면을 끄고 요즘 꾸준히 하고 있는 스트레칭을 시작했다. 이 스트레칭은 무릎과 팔꿈치를 바닥에 대는 동작이 있어서 맨방바닥 말고 킬림(중동식 카펫 – 옮긴이) 위에서 했다. 이 벽돌색 킬림은 터키 여행을 갔을 때 산 것이었다. 지금 다니는 회사로 이직이 결정되고 나서 남은 유급 휴가를 쓰기 위해 떠났던 여행이니 6년 전이었다. 이 집으로 이사 온 것도 그때쯤이라 6년간 거의 매일 이 위에서 밥을 먹고 화장을 했다. 수많은 낮과 밤이 흘렀다. 이름도 없이 흘러간 날들과 함께 음식에서 모락모락 피어오르던 김도, 내가 좋아하던 마스카라도 모두 다 어디론가 소리 소문 없이 사라져 버렸다.

스트레칭을 하고 나서 그대로 바닥에 대자로 드러누웠다. 갑자기 뭔가가 또렷해지는 것 같았다. 부모님 집에 살 때부터 써 온 1인용 소파, 식사할 때 쓰는 낮은 테이블, 창가에 놔 둔 꽃병, 그리고 그 꽃병에 꽂힌 코스모스……. 물건 하나하나가 오늘따라 이상하리만치 선명하게 보였다. 내 속에서 익숙한 것들에 대한 친근함과 이것들의 가치를 꼬치꼬치 따지는 속물 근성이 뒤섞이는 듯했다. 나는 킬림의 무늬를 손가락으로 만지작거리다가 자리에서 일어나 다시 컴퓨터를 켰다.

투자 신탁 계좌를 개설해야겠다! '투자 목적'을 선택하는 단계에서 여러 항목 중 '아이 교육비'를 클릭하는데 욕조에 물이 다 찼다는 알림음이 울렸다. '언덕 위의 집' 멜로디였다.

임신 14주 차

'아, 10분만 일찍 일어날걸!'

늦잠 잔 걸 후회하면서 현관으로 달려가 신발을 신었다. 일단 컨버스를 골라 신었다. 운동화가 패션 아이템으로 자리 잡은 게 얼마나 다행인지 몰랐다. 운동화 같은 편한 신발 없이 열 달이나 되는 임신 기간을 버티는 일이 가능하긴 할까.

그런데 이것만으로는 아직 부족했다. 1층 현관 유리문에
비친 내 모습은 그저 운동화를 신은 여자에 지나지 않았다.
아직 배가 전혀 나오지 않았던 것이다.

"시바타 씨는 그냥 쉬세요."

내가 회의 때문에 옮겨 놨던 책상을 정리하는데 히가시
나카노 씨가 등 뒤에서 말했다.

"아직은 괜찮아요."

"지금 몇 주째죠?"

"3개월 정도 됐어요. 아, 거기 서 계실 거면 그 책상 좀 이
쪽으로 옮겨 주세요."

"이거요?"

"그 옆의 거요."

"아, 죄, 죄송해요."

같이 책상을 정리하던 이들은 나머지는 다른 사람이 알
아서 할 거라고 생각한 건지, 아니면 점심시간이 돼서 그런
건지 자리를 뜨고 없었다. 나는 히가시나카노 씨에게 들리
지 않도록 조용히 혀를 찼다.

회의실에서 바라본 하늘은 정신이 아득해질 정도로 맑

았고, 길가의 은행나무는 황금 물결을 이루기 시작했다. 열두 시가 지나면 한 손에 지갑을 들고 다니는 사람들이 많아졌다. 회사 앞 도시락 트럭에도 줄이 늘어서 있었다. 그러고 보니 임신한 이후로 그 트럭에서 도시락을 한 번도 사 먹지 않았다.

"시바타 씨."

마지막 의자를 정리하는데 히가시나카노 씨가 뒤에서 또 말을 걸었다.

"저기, 앞으로는 이런 거 신경 쓰지 말고 몸 생각만 하세요. 책상 정리는 다른 사람들이 하면 돼요. 지금은 점심시간이라 다들 바로 가 버렸지만요. 앞으로 점점 배가 불러 올 텐데……."

히가시나카노 씨가 자기 배에 손을 어정쩡하게 갖다 대며 말하고는 회의실을 나갔다. 나는 창문에 비친 날씬한 배를 보며 이번에는 들을 테면 들으라는 듯 더 크게 혀를 쯧쯧 찼다.

목욕을 하고 나서 인터넷으로 임신 주 수별 변화에 대해 찾아봤다. 의사가 운영하는 사이트와 임신부가 운영하는 블로그, 산모 수첩 앱 등이 검색됐다. 특히 앱은 임신부의 상태와 식단 등을 기록하는 기능이 기본인 듯했다. 더불어 임신 주 수별 증상이나 태아의 상태에 대해 상세히 설명해 놓은 앱도 여럿 있었다. 그중 하나를 골라 다운을 받았다. 그런데 하필 기저귀 회사가 운영하는 앱이었던 건지 기저귀 광고나 추첨을 통해 30명에게 1년 치 기저귀를 제공해 준다는 이벤트 창이 자꾸 떠서 살짝 거슬렸다. 이것 빼고는 알아보기 쉬운 디자인에 귀여운 태아 일러스트도 있어 나름 쓸 만했다.

앱에는 임신부와 태아의 몸의 변화가 임신 주 수별로 설명돼 있었다. 내 임신 주 수를 따져 보니 14주 차였다. 앱에 나와 있는 설명대로라면 입덧이 심하고 유산 가능성이 높은 시기는 일단 지났다. 다행이었다.

14주 차를 중심으로 앞뒤 설명을 읽어 보니 배는 임신 12주 차 무렵부터 조금씩 불러 오는 것 같았다. 입덧이 가라앉고 식욕이 갑자기 폭발하며 몸무게가 늘어나는 것도 대부분 이 시기부터란다. 임신 14주 차의 태아는 머리끝부터 엉덩이까지의 길이가 9센티 안팎이고 몸무게는 40그램 정도라고 했다. 그리고 '이 주의 아기 크기는 자두'라고 쓰여 있었다. 이 앱은 각 주의 태아 크기를 채소와 과일에 빗대어 표현했다. 13주 차는 '큰 매실', 15주 차는 '자몽' 같은 식이었다.

　히가시나카노 씨의 말대로 슬슬 배가 좀 나올 때도 됐다. 검색해 보니 드라마나 연극에서 임신부 역할을 할 때 쓰는, 하다주반(기모노를 입을 때 안에 입는 속옷 – 옮긴이)을 개량한 전용 소품이 있다는데, 안타깝게도 파는 데가 잘 없는 것 같았다. 메루카리(일본의 중고 거래 앱 – 옮긴이)랑 아마존을 뒤져 봤지만 허탕이었다. 있다고 해도 아마 막달 정도의 큰 사이즈밖에 없을 거라서 한동안은 쓸모가 없을 터였다.

　하다주반 구입을 포기하고, 작은 수건과 양말 따위를 꺼내 전신 거울 앞에서 옷 속에 한번 넣어 봤다. 쉬운 게 아니구나. 티가 나면 안 되고 크기도 적당해야 하니까. 일단 작은 수건은 불합격이었다. 접으면 너무 얇고 뭉치면 반대로 너무 커졌다. 또 한 가지 문제는 옷 속에서 금방 밑으로 처져 모양이 좋지 않았다. 양말은 너무 얇아서 아예 쓸 수가 없었다.

　의외로 괜찮은 게 스타킹이었다. 개중에 스타킹이 가장 잘 모양이 잡혔다. 그런데 일반 스타킹은 볼륨감이 약했다. 조금 더 도톰하게 볼륨을 주려면 80데니아 정도 되는 두꺼운 겨울용 타이즈가 적당할 것 같았다. 선반에서 겨울옷을 정리해 둔 상자를 꺼내려다 시계를 보니 어느새 자정이 넘어 있었다. 갑자기 만사가 귀찮아졌다. 그래서 '내일 아침에 옷 갈아입을 때 다른 걸로 다시 시도해 봐야지.' 하고는 그냥 자 버렸다. 결국에는 다음 날 아침에도 성공하지 못했고 옷 속에 아무것도 넣지 않은 채 출근했다.

나는 만원 전철의 사람들 틈에 끼어서 생각했다. 임신한 사실을 부모님이나 선생님한테 말하지 못하고 학교 화장실에서 출산하는 중학생이나 고등학생도 있는데, 굳이 이렇게까지 열심히 배가 나와 보이게 할 필요가 있나? 지금 이 전철 안에도 본인의 임신 사실을 까맣게 모르는 여자가 몇 명 있을지 모르는데.

그렇기는 한데……, 중고생 딸을 둔 부모보다 시간이 남아돌고 남 일에 대한 관심이 지대한 탓에, 옆자리 직원의 임신 과정이 궁금해서 주체하지 못하는 히가시나카노 씨가 마음에 걸렸다. 히가시나카노 씨가 빨리 결혼해서 자기 아이가 생기면 나만 쳐다보고 있진 않을 텐데 그럴 기미는 눈 씻고 찾아도 보이지 않았다. 히가시나가노 씨는 내가 출산 예정일까지 지금처럼 배가 불러 오지 않으면 강제로라도 산부인과에 끌고 갈 판이었다.

점심시간이 되자 히가시나카노 씨는 화려하기 그지없는 보자기에 싼 도시락을 책상 위에 올려놓았다. 그러고 나서 매듭을 풀어 어린애들이 가지고 다닐 법한 플라스틱 도시락을 꺼냈다. 도시락 반찬은 늘 거기서 거기였다. 도시락에는 눅눅한 김이 둘둘 말린 주먹밥, 냉동식품인 것 같은 춘권 아니면 닭튀김, 아무리 봐도 뭔지 도저히 짐작이 가지 않는 걸쭉한 초록색 반찬이 들어 있었다. 손수 만든 건지 산 건지 모르겠으나, 아무튼 쩝쩝거리는 소리와 함께 줄어드는 못생긴 주먹밥을 보고 있자니 괜스레 짜증이 났다.

그날 늦은 오후에 외근을 나갔다 돌아와 보니 책상에 큼지막한 택배 상자가 놓여 있었다. 송장을 보니 보낸 사람은 과일 도매와 제과업을 하는 거래처였고 내용물은 식품이었다. 상자 안에는 탱글탱글한 연핑크색, 오렌지색, 녹갈색의 젤리, 그리고 알이 큰 복숭아와 배추가 '나 지금 낮잠자는 중이에요' 하는 얼굴로 얌전히 들어 있었다. '다 같이 드세요!'라는 쪽지도 있었다.

가끔 부서 앞으로 선물이 들어오면 그때마다 매번 누군가 은근슬쩍 내 책상에 올려 두고 있었다. 남자 직원 몇 명이 내 쪽을 힐끔거렸다. 마치 뭔가를 기다리는 사람들처럼. 아니, 기다리는 게 확실했다. 내가 한 사람 한 사람의 자리로 직접 가서 "수고하십니다. 젤리가 선물로 들어왔어요."

라고 말하며 들어온 선물을 일일이 나눠 주길 기다리는 것이었다. 나는 시계를 한번 보고 펼쳐져 있던 상자를 원래대로 덮어서 탕비실로 가져갔다.

싱크대와 식기 건조대 사이의 좁디좁은 분배 공간을 점령 중인 행주를 최대한 손에 덜 닿게 집어서 치웠다. 이 행주는 대체 누가 갖다 놓은 거야? 이 귀중한 공간을 차지하고 있는 것도 모자라 쾨쾨한 냄새까지 나잖아. 오늘은 우유를 닦았나 보네. 행주를 손톱 끝으로 간신히 집어 던져 버린 다음 그 자리에 택배 상자를 놓고 해체 작업에 돌입했다. 풀로 어찌나 단단히 붙여 놨는지 상자가 잘 뜯어지지 않았다. 억지로 뜯다가는 손톱이 꺾일 수도 있었다. 이럴 줄 알고 주머니에 커터를 넣어 왔지. 문명의 이기는 써먹으라고 있는 것 아닌가. 나는 속으로 부서의 여러 얼굴들을 떠올리며 택배 상자를 분해하기 시작했다.

그러고 나서 포장지와 노시(위가 넓고 길쭉한 6각형으로 접은, 선물에 붙이는 일본의 전통 색종이 - 옮긴이)를 벗겨 냈다. 이 거래처의 포장지에는 귀여운 과일 그림이 있어서 버릴 때마다 내적 갈등을 불러일으키지만, 챙겨 둔다 하더라도 마땅히 쓸데가 없어서 오늘도 역시 버리는 쪽으로 결론을 내렸다. 그런데 노시와 포장지를 버리려고 보니 폐지함이 꽉 차 있었다. 가득 차다 못해 이미 흘러넘치는 중이었다. 아무렇게나 쌓아 둔 폐지는 눈사태가 일어난 것처럼 바로 옆의 타지 않는 쓰레기를 모아 두는 곳까지 침범해 결국 건전지 회수 상자까지 쓰러뜨려 놨다. 아무도 이쪽을 보고 있지 않다는 것을 확인하고는 포장지를 폐지함 틈새에 살짝 끼워 넣기로 했다. 그때였다. 아주 조금 닿았을 뿐인데 눈사태가 거대한 산사태로 변해 좁은 탕비실 바닥이 전단지와 복사 용지로 뒤덮이고 말았다.

아, 울고 싶다. 젤리를 나눠 주는 일만으로도 충분히 짜증 나는데 눈물까지 쏟아지려 하다니. 일단은 바닥에 널브러진 폐지부터 해결해야 했기에 하나하나 줍기 시작했다.

"시바타 씨, 고생이 많아. 이걸 다 깨끗하게 정리하고."

중간에 폐지를 버리러 온 옆 부서 부장님이 이렇게 말하면서 폐지를 내 손에 쥐어 줬을 때는 정말이지 액체가 흘러나온 전지를 냅다 집어 던지고 싶었다. 하지만 그렇다고 해서 탕비실을 누가 대신 치워 주는 것도 아니니 참았다.

다 치우는 데 20분 정도 걸렸다. 무사히 폐지를 노끈으로 묶고 나서 생각하니 문제가 하나 더 있었다. 선물 들어온 걸 부서 사람들 모두에게 나눠 주려면 젤리가 세 개 더 있어야 했다. 머릿속에서 일단 나부터 제외시키고 다음으로 히가시나카노 씨, 그리고 혹시 외근 중인 사람이 없나 생각해 보다가 불현듯 의문이 일었다. 아니, 왜 나를 제일 먼저 뺐지?

그때 부드러운 것이 손에 느껴졌다. 젤리 상자에 완충제로 들어 있는, 종이도 아니고 천도 아닌 것이 이상하게 따뜻했다. 왼손으로 한 움큼 쥐자 소리도 나지 않고 손안에 쏙 들어왔다가 힘을 빼니 다시 부풀어 올랐다. 젤리 색에 맞춘 건지 연핑크색, 오렌지색, 녹갈색 세 가지였다. 자세히 보니 펄도 섞여 있어서 움직일 때마다 매가리 없는 형광등 빛을 받아 은은하게 반짝였다. 양손에 올려놓고 당겨 보니 숨을 쉬듯 천천히 안쪽에서부터 부풀어 올랐다. 나는 이 물건을 동그랗게 말아서 손수건에 잘 싼 다음 화장실로 향했다.

나는 오른손에 녹갈색 젤리, 왼손에 스푼을 들고 자리로 돌아왔다. 탕비실 냉장고에 젤리를 넣어 두고, '먼저 먹는 사람이 임자입니다. 부서 상관없이 편히 드세요.'라는 메모를 붙여 놨다. 젤리의 포장을 기분 좋게 벗겨 내고 거울같이 매끄러운 젤리의 표면에 스푼을 꽂아 샤인 머스캣 맛젤리를 쏙 빼서 입에 넣었다. 이 앙큼한 과일 맛 젤리를 입안에서 굴리고 있는 나를 쳐다보던 남자 직원 몇몇이 탕비실로 갔다.

블라우스에 가려진 배 안에서 세 가지 색으로 빛나는 아기가 웃고 있었다.

임신 15주 차

나는 옛날부터 누군가 너무 당연한 이야기를 하면 어떻게 반응해야 할지 몰라 난감했었다. 지금도 누가 "또 월요일이네."라든가 "춥지?"라고 하면, "싫죠?" 혹은 "오늘 최고 기온이 2도래요."와 같은 식의 무의미한 대꾸밖에 떠오르지 않았다.

"시바타, 살쪘다."

유키노가 영화를 보자고 해서 만났는데 보자마자 한다는 소리가 살쪘단다. '겨우 입덧이 끝났어. 이 시기에는 다들 살찐대.'라는 말이 목구멍까지 올라왔지만 꾹 참았다. 그리고는 "응. 맞아. 나 살쪘어."라고 적당히 응수하고 말았다.

산모 수첩 앱에서 글을 읽은 이후로 열심히 먹기 시작
했다.

회사에 임신 사실을 알리고 야근을 하지 않게 된 다음부
터 시간적으로 여유가 생겼다. 그러다 보니 꼬박꼬박 세
끼를 챙겨 먹게 됐고 이전보다 먹는 양이 전체적으로 늘었
다. 게다가 앱에서 '안정기, 입덧이 진정되는 시기'라는 문
구를 본 순간부터 눈에 띄게 식욕이 돋았고, 속이 가라앉
으면서 걸신들린 사람마냥 있는 대로 음식을 먹어 치웠다.

삼시 세 끼로 국 하나에 반찬 세 가지를 기본으로 먹었
고, 출근해서 오전 열 시 반쯤 되면 편의점에 가서 도넛을
사 먹었으며, 점심을 먹은 이후 오후 시간에 센베이를 아
작아작 씹으며 일했다. 엑셀 작업을 하기 전에는 기분 전
환을 위해, 첨가물이 걱정된다며 히가시나카노 씨가 준 견
과류 멸치 믹스를 게 눈 감추듯 먹어 치웠다. 또 제과 회사
의 포장재 담당자가 보내 준 상당한 양의 코알라마치(우리
나라 칸초와 비슷한 일본 과자 – 옮긴이)도 눈 깜짝할 사이에 다 해
치워 버렸다. 어릴 때는 과자에 찍혀 있는 귀여운 코알라
캐릭터를 보는 재미로 먹었건만, 지금은 코알라 그림이고
뭐고 빈속을 채워 주는 식량에 불과했다. 순간 내가 얼마
나 많이 변했는지 실감하면서 한편으로 무섭기까지 했다.

그날 밤 목욕을 하고 나와서 거울을 보니 서양배같이 생긴 여자가 하나 서 있었다. 얼굴은 별로 달라지지 않았다. 그런데 하체는 확실히 달랐다. 후다닥 물기를 닦아 내고, 치마도 입어 보고 바지도 입어 보는데 옷들이 죄다 조금씩 끼었다. 엉덩이에서 허벅지로 이어지는 부분도 살이 툭 삐져나와 있었다. 뒷모습은 정말이지 못 봐 줄 지경이었다.

당황해서 원피스도 한번 꺼내 입어 봤다. 나의 유일한 원피스. 모모이의 결혼을 앞두고 함께 파리에 갔을 때 산 여름 원피스였다. 화려한 꽃무늬로 뒤덮인 맥시 원피스는 지금 당장 해변으로 휴가를 떠나더라도 전혀 문제가 되지 않을 스타일이었다. 그나마 이 원피스는 입어 보니 들어가긴 했지만 역시나 엉덩이 부분이 너무 딱 맞았다. 배가 나와 보이게 하려고 옷 속에 얇은 목도리를 넣어 봤다. 그러고는 다시 거울 앞에 서서 보니 영락없는 임신부였다.

머리를 말리면서 인터넷에서 출근용으로 적당해 보이는 원피스를 몇 개 골라 주문했다. 다른 사람들이 코트와 니트로 월동 준비를 할 동안, 나는 주문한 원피스가 올 때까지 며칠간 정장 재킷 속에 여름 원피스를 입고 다녀야 했다. 흡사 아무도 없는 계절과 장소에 홀로 우두커니 서 있는 듯한 기분이었다.

46

원피스를 입기 시작하면서부터 점점 더 임신부가 돼 갔다. 지관 원지(原紙) 샘플을 한 아름 안고 복도를 지나가면 다른 부서 사람이 와서 대신 들어 주고, 엘리베이터를 기다리고 있으면 하나같이 먼저 타라며 양보해 주었다.

"다음 주면 나오겠구먼."

"아니요. 내년 5월이 예정일이에요."

전철에서 모르는 아주머니가 너무 자신 있게 말하기에 아니라고 했다.

"딱 보면 알아. 건강한 아들이네."

아주머니는 호언장담하면서 전철에서 내렸다.

금요일 밤에는 평소처럼 슈퍼에 들러 장을 봤고 집에 돌아가 저녁을 했다. 오늘 저녁은 가자미조림, 콩나물 유부 무침, 연근과 파를 넣은 미소 된장국, 그리고 비빔밥이었다. 저녁 식사 후에는 어김없이 스트레칭을 했다. 지난번 그 여직원이 다른 스트레칭 방법을 복사해서 가져다줬다. 임신 초기가 끝날 무렵부터 중기까지는 이 스트레칭이 좋다면서. 이번에도 해설을 맡은 의사의 사진은 화질이 떨어졌고 모델의 촌스러운 갈매기 눈썹도 그대로였지만, 프린트물에 있는 스트레칭을 하고 나면 확실히 허리가 시원했다.

"똑바로 누워서 허리를 들고 어깨 허리 무릎이 일직선이 되도록 한 다음 10초 동안 유지합니다."

차가운 바닥에 누워 허리를 들다 문득 여직원이 프린트물을 주면서 했던 말이 떠올랐다.

"아직 별로 실감이 나지 않겠지만 몸속에서 아이가 자라고 있다는 것만으로도 얼마나 기쁜 일이에요."

그 여직원은 매우 뿌듯해하는 눈치였다.

하나, 둘, 셋, 넷……

열까지 세고 부엌으로 갔다. 저녁때 해 먹은 콩나물의 뿌리를 꺼내 콩나물이 담겨 있었던 플라스틱 용기에 넣고 물을 받았다. 물이 많은 것 같아 조금 따라내고 볕이 잘 드는 곳에 갖다 둔 다음 다시 스트레칭 모드로 돌입했다.

손으로 대충 잘라 낸 콩나물 뿌리를 보니 엄마가 손수 털을 깎아 주던 우리 집 개의 등짝이 연상됐다. 엄마가 아는 사람에게서 데려온 개였는데, 그렇게 토이 푸들이라고 우기더니 갈수록 덩치가 커져서 개집이 부서졌었다.

콘서트를 다녀온 다음 날은 일에 집중하기 힘들었다. 특히나 어제처럼 교외에서 공연이 있는 경우에는 공연장에서 역까지 가는 버스 안이 관람객들로 발 디딜 틈 없이 혼잡해서 어지간히 시달리는 데다, 귀가 시간까지 늦다 보니 피곤한 게 당연했다. 게다가 눈과 귀와 가슴에 고스란히 남아 있는 라이브 공연의 흥분 때문에 일이 잘 되지 않는 부분도 컸다. 눈을 감으면 어둠 속에서 반짝이던 아련한 녹색 불빛들이 꿈틀대고 멜로디의 단편들이 떠올라, 일에 집중하려고 애를 써도 어느새 정신은 공연장에 가 있곤 했다. 입을 벌리면 당장이라도 마법의 주문이 터져 나올 것만 같았다. 인터넷으로 산 회색 원피스가 은빛이 됐다가 조명을 받아 형광빛을 발사하기 시작했다. 하지만 행복한 상상도 잠시, 책상에 수북이 쌓인 지관 샘플과 난방이 너무 세서 후끈후끈한 사무실 공기와 커피 냄새는 나를 이 낡은 건물 4층으로 강제 소환해 버렸다.

나는 영업 담당자의 질문에 답을 하면서 지관 샘플을 손에 쥐고 무심히 바라봤다. 내장재 제조 업체에 납품 예정인 벽지용 지관으로 우리 회사에서는 흔치 않은 신규 안건이었다.

사실 지관에는 전혀 관심이 없었다. 대학을 졸업하고 처음 들어간 회사는 인력 파견 회사였다. 나는 일을 하고 싶은 사람과 일을 그만두고 싶은 사람, 그리고 사람은 필요하지만 안정적인 급여는 주고 싶지 않은 회사 사이에 끼어 있었다. 돌이켜 생각해 보면 중간에서 내가 뭘 했는지 잘 모르겠다. 그저 영업과라 적힌 명함을 주기에 받았다. 그러고는 전화를 걸고 받고, 호출하고, 서류를 만들고 만들고 또 만들고……. 나는 이전 파견 사원의 어디가 마음에 들지 않았는지, 이전 회사의 어디가 불만이었는지를 듣고 나서 직원 이름과 회사 이름만 다른 서류를 계속 만들었다.

입사 3년 차가 되기 직전 유키노가 동기 중 처음으로 회사를 그만뒀다. 얼마 되지 않아 모모이가 이직을 하고 싶다며 고민을 털어놨다.

"고민되면 그만둬. 여기 말고도 좋은 회사는 얼마든지 있어."

말은 그렇게 했지만 정작 나는 이직할 엄두를 내지 못했다.

20대 중반이 넘어서자 회사는 나에게 주임이란 직책을 줬다. 어느새 동기는 절반 정도로 줄어 있었고 선배들도 회사를 떠나고 없었다. 다행히 나이 차이가 별로 나지 않는 부하 직원들이 비교적 잘 따라 줘서 소통에는 문제가 없었다. 하지만 주임이 되면서 야근 수당이 사라졌다. 게다가 내가 담당하는 회사는 거의 그대로임에도 회의나 제출해야 하는 보고서는 나날이 늘기만 했다. 그러다 개인 스마트폰으로 상사와 거래처 사람에게서 밤늦게까지 전화가 걸려 오는 지경에까지 이르렀다. 휴일은커녕 밥 한 끼 제대로 먹을 시간조차 없었다. 어느 순간부터 생리가 멈췄다.

한번은 거래처 담당자로부터 파견 사원의 몸에서 냄새가 나서 힘드니 주의를 좀 주라는 연락을 받았다. 40대 중반의 깡마른 남자였는데, 만나 보니 확실히 냄새가 났다. 땀 냄새는 분명히 아니었다. 나는 그에게 목욕 좀 신경 써서 잘 해 달라고 부탁했다.

얼마 지나지 않아 같은 담당자로부터 아직도 냄새가 나니 빨리 어떻게 좀 해 달라며 또 전화가 왔다. 나는 남자를 불러 다시 주의를 줬다.

"그럼 나랑 지금 호텔 갈까? 네가 씻겨 줄래? 잘난 척하지 마."

그 남자가 내 팔을 아프게 움켜쥐며 말했다. 아주 잠깐이었지만 내 팔을 파고든 둥근 손톱에 낀 시커먼 때가 뇌리에 박혀 떠나지 않았다. 몇 십 분쯤 흘렀을까 담당자로부터 메신저가 왔다.

"그럼 시바타 씨가 같이 목욕해 주면 되겠네요. 나도 같이해도 되고. (^^)"

그 담당자는 원래도 저녁이나 밤에 목적을 알 수 없는 미팅을 잡으려고 꾸역꾸역 용을 쓰던 중년 남자였다. 나는 메시지를 씹고 즉시 스마트폰으로 채용 사이트에 이력서를 등록했다.

헤드 헌팅 업체 담당자와 만난 자리에서 차분한 분위기에서 영업이 아닌 다른 일을 하고 싶다고 했더니 지금의 회사를 추천해 줬다. 처음에는 지관 전문 업체라는 게 있는지도 몰랐고, 무엇보다 여기서 생산 관리 업무를 하게 될 줄은 상상도 하지 못했다. 면접을 보기 전에 홈페이지에 들어가 봤는데 사이트가 너무 올드한 데다 중간중간 서체도 어긋나 있었다. '업계 최고! 심리스(이음새가 없는 – 옮긴이) 지관이 완성되기까지'라는 페이지에 요철이 없는 지관을 만드는 일이 얼마나 힘든가에 대한 설명과 지관을 완성하기까지의 과정이 자세히 나와 있었으나 무슨 말인지 이해가 잘 되지 않았다.

하지만 잘 모르는 사람이 봐도 이음새가 없는 게 좋을

것 같았고, 이런 것에 대해 생각하는 일이 파견 사원 몸에서 냄새가 나는지 안 나는지 신경 쓰는 일보다 훨씬 의미 있어 보였다.

"대졸 여직원을 뽑게 돼 영광입니다. 이전에 비정규직 여직원이 두 명 정도 있었는데 그만뒀어요."

면접은 지금의 부장님, 과장님과 봤는데 그 자리에서 바로 채용이 결정됐다.

정식으로 입사하자마자 부서의 담당 업무에 대한 설명부터 들었다. 영업 쪽에서 수주한 안건을 확인한 다음 공장으로 보낼 작업 지시서를 작성해 생산 라인 계획을 세우는 일이었다. 처음 한 달은 정말이지 천국이었다. 무리한 실적에 대한 부담도 없고 한밤중에 전화를 하는 거래처도 없었다. 내근인 날은 운동화와 백팩 차림으로 출근하는 게 허용돼서 구둣발로 이리저리 뛰어다니다 피물집이 잡히는 일도 사라졌다. 뿐만 아니라 평일에도 좋아하는 가수의 라이브 콘서트를 갈 수 있었다.

에이전시 담당자의 말대로 직원들의 평균 근속 연수가 길어 대부분은 나보다 나이가 한참 위였고, 사내에서 큰소리를 내는 사람도 거의 없었다. 이 회사는 마치 어릴 적 가족 여행으로 갔던 습원(濕原) 같았다. 평온하고 조용하고,

시간도 천천히 흐르는 듯했다.

그런데 입사 후 한 달 반 정도가 지나자 갑자기 불이 나간 엘리베이터에 갇힌 듯한 느낌이 들었다. 이 회사 사람들은 안색이 좋지 않았다. 이런 부분은 매달 1일에 있는 전 사원 조례 때 입사자 인사를 하면서도 눈에 보이긴 했다. 직원들 얼굴이 전체적으로 칙칙했다. 단순히 햇볕에 그을린 게 아니라 속이 좋지 않은 얼굴이었다. 나는 고층 빌딩 22층이던 전 회사에 비해 이 회사는 빛이 잘 들지 않고 건물 자체도 낡아서 그렇게 보이는 것이려니 하며 잊어버리려고 애썼다.

그런데 한번 그런 생각이 드니까 자꾸만 신경이 쓰였다. 얼마 지나지 않아 그 이유를 알았다. 일단 회사에 있는 시간이 너무 길었다. 회의랍시고 직원들을 한 방에 잔뜩 몰아넣고 윗사람이 연설인지, 그때그때 떠오르는 생각인지, 불평인지 모를 말을 늘어놓는 일이 하루에도 몇 차례씩 있었다. 이뿐만이 아니었다. 예산 하나 통과시킬라치면 일단 자료를 과장님용으로 작성하고, 그게 통과되면 부장님용으로 다시 작성하고, 마지막에는 사장님용으로 두꺼운 서류 뭉치를 작성해 컬러 복사를 한 다음 그걸 또 부서 전원에게도 나눠 줬다. 기존 직원들은 왜 그렇게 하는지 생각해 보거나 의문을 가지고 개선을 요구할 시간도 기력도 없어 보였다. 그냥 하는 거였다. 묵묵히. 그러다 피곤해지면 하나둘 셔츠 주머니에 담배를 넣고 계단을 내려갔다.

내 업무는 또 있었다. 이름도 없고 누구한테 직접 부탁받은 적도 없는 일⋯⋯.

처음에는 내 담당 업무가 생길 때까지만, 아니면 후배라 부를 수 있는 사람이 들어올 때까지만 하면 되는 일인 줄 알았다. 전화벨이 울리면 받고, 복사를 하고, 필요한 물건이 있으면 직접 사러 나가고, 부서 앞으로 온 우편물을 담당자별로 분류해 일일이 책상까지 배달하고, 복사 용지를 채워 넣고, 인쇄 카트리지를 교체하고, 매일 화이트보드의 날짜를 바꾸고, 바닥에 떨어진 쓰레기를 줍고, 갈린 종이로 꽉 차 더 이상 들어가지 않는 분쇄기 통을 비우고, 냉장고의 상한 음식물을 처리하고, 전자레인지에서 데워지다 폭발해 버린 편의점용 오야코 돈부리(닭고기 달걀덮밥 ― 옮긴이)의 잔해들을 알코올로 닦고⋯⋯. 아무도 이런 게 내 일이라고 말하진 않았다. 하지만 이 일들을 하지 않고 방치해 두면 "이봐!" 하고 나를 불렀다.

"이봐, 전자레인지."

나는 전자레인지가 아닌데.

이렇게 이름 없는 일 중 하나가 바로 '손님이 올 때마다 커피를 내가는 일'이었다. 믹스커피라 뜨거운 물만 부어서 타면 됐다. 다들 자기가 마실 커피는 자기 머그 컵에 타서 잘도 마시면서, 이상하게 손님만 오면 그게 얼마나 간단한 일인지 망각하는 것 같았다. 그럴 때마다 못마땅하다는 듯이 내 쪽을 봤고, 내가 모르는 척하며 하던 일을 계속하면 "이봐, 커피." 하고 불렀다. 나는 커피가 아닌데.

손님 커피를 아주 철두철미하게 챙기는 직원들도 있었다. 한번은 손님이 올 시간에 내가 외근이 잡혀 있다는 사실을 알게 된 남자 직원들끼리 이야기하는 걸 들은 적이 있었다.

"오후 미팅 때 커피는 어떡하지?"

"걱정 마. 내가 다른 부서 여직원한테 부탁해 놨으니까."

"역시."

우리 부서 사람들은 어떻게 된 노릇인지 본인이 손님한테 커피를 직접 내가면 뭔가 소중한 것이 상처라도 입게 된다는 듯 굴었다.

유일하게 그렇지 않은 사람이 히가시나카노 씨였다. 내가 유급 휴가를 낸 날 손님이 오게 됐는데 난감해하는 과장님에게 히가시나카노 씨가 대신 커피를 내가겠다고 자

처했단다. 그러고는 대형 사고를 치고 말았다. 커피가 넘친 줄 모르고 내갔다가 잔 받침에 고여 있던 커피가 커피 잔 바닥을 타고 손님 셔츠에 떨어졌던 것이다. 이 사건 이후로 히가시나카노 씨에게 손님 커피 근처에는 얼씬도 하지 말라는 금지령이 떨어졌다. 하지만 나는 그마저도 부러웠다. 내가 커피를 타는 것에 대해서는 누구 하나 언급하는 사람이 없었기 때문이다.

일이 익숙해지면서 담당 업무가 늘어나는 와중에도 이런 이름 없는 일들은 전혀 줄어들지 않았다. 중간에 남자 신입 사원이 몇 명 입사했고 거래처 담당이 바뀌었음에도 이름 없는 일은 여전히 내 몫이었다. 자연스럽게 퇴근 시간도 점점 늦어지기 시작했다. 일을 마치고 매일 들르는 역 앞 슈퍼에 가면 회가 화석처럼 말라 있었다. 하다못해 계산대 맞은편의 자율 포장대에 비치돼 있는 젖은 수건마저 버석버석하게 말라비틀어져 있었다.

"재미있는 가수네."

야근을 하는데 과장님이 내 책상에 붙어 있는 포스터를 보더니 한마디했다. "뭐가 재미있어요?" 하고 물으니 "그냥 분위기가." 하는 알 수 없는 답변이 돌아왔다. 과장님을 위시해 우리 부서 사람들은 내 연애사나 결혼 이야기에 관심이 많았다. 알고 보니 이 회사는 습원이 아니라 늪이었다. 그리 깊진 않지만 1년 365일 내내 이상한 냄새를 폴폴 풍기는 가스를 뿜어 대는 늪.

늪에서 보글보글 거품을 터뜨리는 가스 피해가 심각해질 무렵, 경력 사원 연수차 지관 공장 견학을 가게 됐다. 윗선에서 생산 현장을 보고 오라고 했던 것이다. 생산 관리 부서의 직원이라면 진작에 다녀왔어야 마땅하지만 공장까지 데리고 가서 안내해 줄 사람이 없어 그간 가 보지 못했었다.

공장은 회사에서 전철로 한 시간 거리의 교외에 있었다. 그날도 오늘처럼 전날인 일요일에 친구와 라이브 콘서트를 다녀와서 잠이 조금 부족한 상태였다. 손발은 찬데 이상하게 눈과 목은 뜨거웠다. 제일 먼저 방문한 곳은 반입구였다. 재료인 원지는 동물 탈을 쓴 사람처럼 커다랬고, 흡연실 벽은 단무지 색으로 누렇게 변색돼 있었다. 중간에 공장 홍보 영상을 틀어 줬지만 기계음이 심해서 무슨 말인지 당최 알아들을 수 없었다. 제조 현장의 두꺼운 비닐 커튼을 통과하자 강력하게 내리쬐는 서쪽 해가 이리저리 흩날리는 종이 가루를 알알이 비추고 있었다. 말이 견학이지 낮 동안의 노동으로 녹초가 돼 퍼져 있는 기계를 따라 설명을 듣는 게 다였다. 마지막으로 종이를 심에 말아 원통형으로 만드는 공정을 보는데 어두침침한 작업장을 돌다 지친 직원 몇 명이 대놓고 하품을 했다.

드디어 최종 공정이었다. 가늘고 길게 재단된 원지가 철심에 말린 후 절단돼 갔다. 그게 다였다. 최신 기술도, 눈이 동그래질 만한 정교함도 없었다. 완성품은 랩이나 박스 테이프, 공업용 필름의 심처럼 사람들의 눈에 잘 띄지 않는 업무용 자재로 출하될 것이었다. 일련의 과정이 마치 주술에 걸린 듯 보였다. 리본처럼 가늘고 긴 여러 장의 종이가 장치를 통과하면서 속이 텅 빈 철심을 향해 끊임없이 달렸다.

이렇게 달려가 말리고 나면 그다음은 어떻게 될까? 멍하니 이런 생각을 하는 사이 어느새 기계는 멈춰 있었다. 이어서 엔진음이 꺼졌고 절단된 하얀 지관과 살짝 달궈진 기계가 덩그러니 남았다. 평소 사진으로 자주 본 광경이었다.

이것으로 견학은 끝났고 이틀 이내에 소감을 작성해 인사부에 제출하기만 하면 됐다. 퇴근까지는 시간이 조금 남았지만 회사에 복귀하지 않고 현지에서 퇴근해도 좋다고 했다. 함께 견학한 사람들이 술이나 한잔하자고 했지만 거절하고 혼자 집으로 향했다. 교외에서 도심으로 향하는 저녁 시간의 전철은 한산했다. 나는 보풀이 인 빨간색 좌석에 등을 기대고 앉아 주술에 걸린 듯 끊임없이 말려 들어가던 종이가 지관이 되는 장면을 떠올렸다.

본 생산에 들어가기 전에 한 번 더 클라이언트에게 확인해야 할 사항을 메모해 영업 쪽에 넘겼다.

"감사합니다."

올해 입사한 신입 사원이 힘없이 한마디하더니 꽤 많은 샘플을 정리해 종이봉투에 담기 시작했다. 옆자리에서 목소리가 들렸다.

"네! 생산 관리부입니다."

손님 커피 대접 금지령이 내려진 히가시나카노 씨에게 사무실 전화를 받는 일은 흡사 마지막 남은 중요한 특명 같았다.

임신 17주 차

임신하기 전보다 체중이 4킬로그램이나 늘어서 이제부터는 퇴근할 때 한 정거장, 가능하면 두 정거장을 걸어가기로 했다. 오늘은 첫날이라 그런지 의욕이 불타올라 두 정 거장을 걸어 보기로 했다.

역사를 나오자 그림자가 만물로 녹아들기 시작했다. 공기가 짙은 군청색으로 농축돼 약국의 처마 밑에 심어 놓은 하얀 꽃이 뿌옇게 도드라져 보였다. 머플러를 살짝 고쳐 맸다. 작년에 세일가로 구매한 것이었다.

벌써 몇 년째 같은 노선을 타고 다니지만 여기서 내리는 건 처음이었다. 그다지 큰 역도 아니고 주변에 고층 빌딩도 없는 것 같은데 역 주변에 학교나 회사가 있는 건지 유동 인구가 생각보다 많았다. 많은 사람들이 나와 반대 방향으로 지나갔다. 교복을 입은 중고등학생들과 대학생으로 보이는 활기 넘치는 무리, 정장 구두를 신은 남자와 여자들. 해가 저물어서 떨어져 걸을 때는 모두가 검은 형체로만 보였다. 그러다 가로등 밑을 스쳐 지나갈 때만 살짝 모습이 드러났다. 이렇게 어둡고 추운 날 밖에 돌아다니면 다들 '프로'처럼 보였다. 손이 곱을 정도의 추위에도 아랑곳하지 않고 우왕좌왕하는 일 없이 입을 굳게 다문 채 각자의 집으로 향하는 프로. 동아리 활동을 마치고 집에 가는 길일까? 똑같은 트레이닝복을 입은 여자아이들이 군고구마를 한입 가득 베어 물고 있었다. 맛있겠다, 따뜻하겠다, 부럽다……

계속 걷다 보니 어느새 작은 주택과 연립 주택이 모여 있는 주택가로 접어들게 됐다. 인근의 술집, 담배 가게, 주차장 등이 이미 셔터를 내린 후라 그런지 행인이 드물었다. 가끔 내 앞에 누가 있나 싶으면 금세 모퉁이를 돌아 사라지고, 내 뒤에서 들리던 부드러운 발소리도 어느새 연립 주택의 스테인리스 계단을 텅텅텅 걸어 올라가는 소리로 바뀌었다. 사람들은 아무 소리도 내지 않고 절교하듯 조용히 사라졌다. 어찌나 조용한지 서로가 사라졌다는 사실조차 눈치채지 못했다.

스마트폰으로 길을 확인하느라 잠시 서 있는데 바로 앞에 있는 연립 주택 창에 잠깐 불이 들어왔다가 다시 살짝 어두워졌다. 오렌지색 체크무늬 커튼이 쳐진 창을 통해 실내 불빛이 어슴푸레 새어 나왔다. 남자와 여자의 대화 소리, 부스럭거리는 비닐 소리가 들려왔다.

모두가 사라진 길가에 말린 표고버섯으로 육수를 우리는 냄새가 퍼지기 시작했다. 나는 어렸을 때 이 냄새를 아주 싫어했다.

주택가를 한참 걷다 겨우 내가 아는 거리로 나왔을 때

쯤 두세 블록 앞쪽으로 붉게 물든 하늘이 펼쳐졌다. 완전히 해가 졌는데도 또렷하게 보이는 붉은 석양은 천천히 앞으로 전진하나 싶으면 멈춰 서고, 조금 있다 다시 뉘엿뉘엿 넘어가고를 반복했다. 창백한 가로등과 집 사이로 새어나오는 몽롱한 불빛 아래로 한 아이가 두리번거리면서 걷고 있었다.

지난주에 이 주변에서 있었던 날치기 사건이 생각나 다른 길로 가기로 했다. 범인은 아직 잡히지 않았다. 좀 전에도 전봇대에 목격자를 찾는 전단이 붙어 있었다.

그나저나 혼자 사는 사람이 날치기를 당하면 어떻게 될까? 문득 이런 생각이 들었다. 일단은 가족들과 사는 사람들과 마찬가지로 경찰서부터 가겠지? 그런데 그다음은? 만일 지금 내가 여기서 가방을 날치기당하면 당장 집 열쇠가 없었다. 혼자 사는 집에 가서 아무리 초인종을 눌러 봤자 안에서 문을 열어 줄 사람이 없지 않은가. 그럼 관리 회사에 연락을 해야 하는데 핸드폰이 없으니 연락처를 모르고, 연락처를 어찌어찌해서 알아낸다 쳐도 공중전화로 전화를 해야 하는데 돈은 또 어디서 구하지? 경찰서에서 이 정도까지는 도와주려나? 게다가 담당자와 연락이 닿더라도 이 시간대라면 스페어 키를 받는 건 내일로 넘어갈 가능성이 컸다. 결국 호텔에서 하룻밤 묵어야 한다는 소리인데 그 돈은 자비로 충당해야겠지? 아니, 이렇게 매일 절약하면서 사는데 그런 데 쓸 돈이 어디 있어? 아직 일어나지도 않은 일임에도 돈이 나간다고 생각하니 괜히 부아가 치밀었다. 그때 붉은 무언가가 시야에 들어왔다.

젊은 여자였다. 전봇대에 기대 고개를 숙인 옆모습이 예뻤다. 밤공기가 이토록 차가운데 진빨강 다운 코트의 지퍼를 완전히 풀어 헤치고 있었다. 거친 숨을 내쉴 때마다 많이 부른 배가 위아래로 움직였다.

"괜찮으세요?"

나도 모르게 말이 툭 튀어나왔다. 여자가 얼굴을 들어 내쪽으로 몸을 틀기에 엉겁결에 나도 여자에게 황급히 다가갔다. 그 와중에도 내 오른손은 본능적으로 니트 속 동그란 배를 감싸 안고 있었다. 그녀는 배를 보호하려는 듯 양팔로 감싸고는 쭈그려 앉았다. 긴 머리와 빨간 다운 코트가 약하게 떨리는 것이 보였다. 다시 말을 걸었다. 이번에는 아까보다 조금 천천히 말했다.

"놀라셨으면 죄송해요. 어디 안 좋으신가 해서요. 혹시 물 드시겠어요? 제가 마신 거긴 하지만."

그러자 여자가 얼굴을 들었다. 옆얼굴이 상당히 좁았다. 겁에 질린 듯한 커다란 검은 눈동자가 내 얼굴을 잠시 보더니 이내 시선이 내 가방에 달린 임신부 배지로 옮겨 갔다. 바짝 움츠렸던 어깨의 긴장이 풀리는 게 보였다.

"괜찮아요."

여자의 목소리는 아무도 없는 작은 방에서 한 음 한 음 두드리는 실로폰 소리 같았다.

"정말 괜찮아요. 감사합니다."

여자가 바로 일어나 외투 자락을 털어 냈다. 일어서니 생각보다 키가 컸다. 진짜로 괜찮은 건지 한 번 더 묻고 싶었지만 정말 괜찮다고 했기에 더 이상 물어보지 않았다.

여자와 나는 어색한 눈인사를 나눴다. 그러고 나서 그녀는 내가 걸어온 방향으로 갔고, 나는 가던 길을 계속 갔다. 모퉁이를 돌면서 티 나지 않게 슬쩍 돌아보니 마침 그녀도 모퉁이를 돌고 있었다. 콘크리트 담벼락 너머로 빨간 다운코트가 모습을 감췄다.

스마트폰을 꺼내 지도를 보니 집 근처였다.

비탈길을 내려가면서 조금 전에 마주친 그 여자를 떠올렸다. 분명히 똑똑히 봤는데 옆얼굴이 좁았다는 것 외에는 딱히 떠오르는 게 없었다. 그런데 이상하게도 그녀의 배가 자꾸 눈에 아른거렸다. 내 오른손 바로 앞에 있던 여자의 배는 많이 불러 있었고, 소중한 무엇인가가, 거짓이 아닌 진짜가 배 속에 있다는 오라를 내뿜고 있었다.

임신 18주 차

　생각보다 꾸준히 걷기를 이어 갔다. 이번 주에는 주말에도 걷기를 시도해 보기로 했다. 토요일이었던 어제는 비가 온 관계로 집에 있었지만, 오늘은 맑게 갠 데다 특별히 약속도 없어서 퇴근하고 걷는 시간보다 조금 이른 시간에 집을 나섰다. 오후 네 시가 가까워진 거리는 이제 곧 질 석양이 살포시 투사된 듯 투명했고, 지구 온난화 탓인지 12월까지 붉게 타오르던 가로수가 이제야 잎을 떨구며 겨울 채비에 들어갔다.

　이왕이면 평소에 다니는 길을 밝을 때 보고 싶어서 평일에 걷는 길을 거꾸로 가 보기로 했다. 신사 근처에 있는 비탈길을 오르자 감귤 색으로 물든 석양 아래 며칠 전에 봤던 빨간 다운 코트가 보였다. 여자는 주차장 안내판에 기대서 있었다. 다행히 오늘은 안색이 좋아 보였다. 그녀는 배를 쓰다듬으면서 스마트폰을 들여다보고 있었다.

지난번에 놀라게 한 것이 미안해서 말을 걸어 볼까 망설이는 사이 안내판 뒤쪽에서 키가 큰 남자 하나가 나타났다. 드라마를 빨리 돌려 보는 느낌이었다. 남자가 빨간 다운 코트의 허리를 받쳐 주듯 손을 갖다 대고 뭐라고 하자 실로폰 같은 웃음소리가 중간중간 새어 나왔다. 두 사람은 비탈길을 따라 올라갔다.

그들의 모습이 언덕 너머로 사라지기 전에 나는 몸을 틀어 막 올라왔던 비탈길을 다시 내려가 집으로 향했다. 문득 주말 내내 말 한마디하지 않았다는 사실을 깨달았다.

임신 19주 차

송년회는 시작도 끝도 없이 몽롱한 오렌지색 조명 아래서 희미하게 늘어져만 갔다. 테이블에는 삶은 풋콩, 닭튀김, 달걀말이, 새우 전병 등이 놓여 있었다. 접시마다 남아 있는 마지막 한 입에 아무도 선뜻 손을 대지 않아 점점 생기를 잃어 가는 음식을 앞에 두고 거래처 이야기, 영업부에 대한 불만, 학창 시절 술자리에서 있었던 일, 최근 시작한 건강 관리법, 음식에 관한 수다가 폭풍처럼 한차례 지나가고, 알코올과 담배 냄새만이 묵직하게 가라앉았다.

나는 배를 살짝 긁었다. 오늘은 배에 머플러를 채우고 왔다. 임신 안정기로 들어서면서 왕성해졌던 식욕이 조금 가라앉고 걷기 덕분에 몸무게도 서서히 돌아왔다. 아무래도 배가 부른 티를 더 내야 할 것 같아서 최근에는 매일 배에 뭔가를 넣고 다녔다. 산모 수첩 앱을 보고 그 주의 태아의 크기를 확인한 다음 채워 넣는 물건의 양을 조금씩 늘렸다. 울 머플러로 그럴싸하게 배를 채우고 왔건만 하필 술집 난방이 너무 세서 망해 버렸다. 배 주변에 땀이 찼다.

"시바타 씨, –지?"

"네?"

무슨 말인가 하고 다나카 씨 쪽으로 몸을 돌렸다. 다나카 씨는 셀룰로이드 소재로 된 뿔테 안경을 썼다. 거리를 두고 앉았음에도 다나카 씨의 안경 렌즈에 묻은 뿌연 손자국과 얼룩이 잘 보였다.

옆자리도, 또 그 옆자리의 옆자리도 모두 우리 부서 송년회로 시끄러웠다. 송년회 시즌이라 넓은 자리나 룸을 미처 예약하지 못했는지 4인 자리와 6인 자리 몇 개로 나눠 앉았기 때문이다. 앞쪽 테이블 안쪽에 부장님이 비스듬하게 앉아 있었는데, 무슨 농담 비슷한 걸 내뱉을 때마다 물개 박수와 함께 호들갑스럽게 웃는 소리가 터져 나왔다. 흡사 심벌즈를 두드리는 원숭이 인형 같았다.

"'시바타 씨, 임신했지?'라고 했어."

"아, 네."

"여자야? 남자야? 좀 알려 줘."

"아직 몰라요."

"난 시바타 씨 아기 여자일 것 같아. 왠지는 모르겠지만."

여자라……. 가공의 아이지만 그래도 내 아이를 '여자' 라고 부르는 건 불쾌했다. '히가시나카노 씨는 남자아이 같다고 하던데요.'라고 쏘아붙이고 싶은 걸 겨우 눌러 냈다. 히가시나카노 씨는 올해 독감 유행이 시작됐다는 뉴스가 아직 나오지 않았음에도 불구하고 회사에서 제일 먼저 독감에 걸려서 오늘 결근했다. 이런 히가시나카노 씨를 두고 아침에 엘리베이터 안의 누군가가 "연말에 얼마나 바쁜데. 이건 아니지." 하고 투덜댔었다.

"시바타 씨 아기는 남자 느낌은 아니야."

다나카 씨는 한 소리를 하고 또 했다. 그러다 "여기요." 하고 외국인으로 보이는 여종업원을 불러 세워 놓고는 한참을 고민하다가 결국 생맥주를 시켰다. 같은 테이블에 있던 다른 직원 두 명은 화장실에 갔는지 자리를 비우고 없었다.

테이블마다 큰 접시에 담긴 볶음밥이 나오고 인원수만큼의 개인 접시 위로 우동 숟가락을 내려놓는 소리가 요란스럽게 들렸다. 다나카 씨는 요지부동의 자세로 볶음밥 접시만 하염없이 쳐다봤다. 내가 개인 접시에 볶음밥을 담아 다나카 씨에게 건넸다. 그가 "고마워." 하며 받아 들고 아주 게걸스럽게 볶음밥을 흡입하기 시작했다. 그의 개인 접시에서 사방으로 밥알이 튀었다.

"정말 의외야, 시바타 씨."

"뭐가요?"

"깜짝 놀랐잖아. 진짜 의외라니까."

자리를 비웠던 직원 두 명이 화장실에서 나왔는지 한 남자가 화장실로 들어갔다. 문 안쪽에 피스 보트(국제 교류를 목적으로 설립된 일본의 비정부 조직 - 옮긴이) 포스터가 붙어 있었다.

"배 좀 만져 봐도 돼? 하하하! 안 되겠지? 미안. 농담이야."

순간 배를 양팔로 감싸 안는 나를 보고 다나카 씨가 혼자 웃고 혼자 사과하더니 자기 숟가락으로 볶음밥을 직접 덜기 시작했다. 기름기가 좔좔 흐르는 노란 밥알이 테이블 여기저기에 튀었다. 밥알은 다나카 씨의 옷과 왼손에 낀 반지로도 날아갔다. 어느새 진파랑 와이셔츠에까지 기름 얼룩이 져 있었다.

"아무리 생각해도 안 어울린단 말이야. 시바타 씨한테 애라니."

"제가 아이를 싫어할 줄 알았다는 말씀이세요?"

"좋고 싫은 거랑은 좀 다른 얘기지."

다나카 씨가 하이볼을 입으로 가져가면서 배를 긁적이자 밥풀이 바닥에 떨어졌다. 화장실에 갔던 직원 둘이 자리로 돌아왔다.

"너희도 시바타 씨 임신 소식 듣고 깜짝 놀랐지?"

다나카 씨가 두 사람에게 동조를 구했다. 둘은 서로의 얼굴을 마주 보며 겸연쩍은 미소만 지었다. 한 명은 우리 부서에서 제일 나이가 어리고, 또 한 명은 나보다 두세 살 많다고 했던가. 아무튼 두세 살 많다는 사람이 말했다.

"놀라긴 했죠."

나이가 어린 쪽도 고개를 끄덕이며 하이볼을 들이켰다. 그러고 나서 대꾸했다.

"전 꽤 많이 놀랐어요. 그래도 축하드려요. 정말 잘된 일인 것 같아요."

볶음밥 잔해가 지저분하게 널브러진 테이블 위로 물방울이 튀자 둘 중 나이가 더 많다는 사람이 굳이 내 물수건을 가져다가 테이블을 이리저리 닦기 시작했다. 나는 아무 말없이 우롱차만 마셨다.

다나카 씨는 술을 마시면서 두 사람이 볶음밥을 개인 접시에 담는 모습을 멍하니 쳐다보다가 갑자기 내 쪽으로 몸을 바짝 들이댔다. 다나카 씨의 안경은 생각했던 것보다 훨씬 더러웠다.

"아니, 시바타 씨가 임신을 했다니까 그렇지. 평소 결혼이나 연애 얘기는 입도 뻥긋 안 했고, 그런 분위기도 전혀 풍기지 않았잖아. 그러니까 의외로 할 건 다 하는구나 했지."

테이블 가장자리에 내팽개쳐져 있던 내 물수건이 바닥으로 떨어졌다. 설상가상으로 어떤 사람이 그 위를 밟고 지나갔다. 더 이상 참을 수가 없었다. 내 목소리가 부들부들 떨렸다.

"의외라니 그게 무슨 뜻이에요? 다나카 씨가 절 그렇게 잘 아세요? 참고로 전 다나카 씨에 대해 별로 알고 싶지 않거든요. 정 그러면 제가 애 낳는 거 한번 보시든지요. 그럼 믿으시겠어요? 다나카 씨가 의외라고 한 제 아이의 존재를 말이에요!"

하지만 내가 아무리 목소리를 높여도 시끄러운 식당의 공기 중에서는 울림이 그리 크지 않은 모양이었다. 다나카 씨는 아무 일 없었다는 듯 좀 전의 여종업원을 다시 불렀다. 어두침침한 조명 아래서 그녀의 갈색 피부가 갓포기(과거 일본 여성들이 기모노 위에 입던 소매가 달린 앞치마 - 옮긴이) 스타일의 유니폼과 대비돼 선명하게 눈에 띄었다. 다나카 씨는 그녀의 명찰에 적힌 이름을 보고 놀리면서 뭐라 시시덕대더니 하이볼 세 잔과 내가 마실 거라고 생각했는지 따뜻한 차 한 잔을 주문했다. 마실 것을 들고 온 그녀는 여전히 변함없는 미소를 띠고 있었다. 옆 테이블에서는 동창회에 갔던 이야기가 끝날 줄을 몰랐다.

"저기……."

내가 말을 꺼내려는 순간 송년회 총무가 박수를 쳤다.

"자, 오늘 자리는 이 정도로 마무리하기로 하고 마지막으로 부장님께 한 말씀 듣도록 하겠습니다."

나와 같은 테이블에 있는 세 사람은 그쪽에 신경을 쓰면서도 나를 보고 있었다. 다나카 씨가 생맥주 잔을 내려놓았다. 나는 맥주 거품이 잠깐 올라왔다가 꺼지는 것을 지켜보다가 고개를 들었다. 저기…….

"결혼 안 해도 출산 축하금은 받을 수 있나요?"

그냥 한번 해 본 말이었다. 세 사람은 입을 꾹 다물었다. 잠시 뒤 다나카 씨가 기어 들어가는 소리로 말했다.

"총무과에 말하면 받을 수 있지 않나?"

그때 부장님 말씀이 시작됐다.

"조금 이르긴 하지만 여러분 모두 올해도 1년 동안 수고 많았습니다. 원자잿값 상승, 거래처 도산, 업계 변화라는 악재 속에서 이렇게 한 명도 빠짐없이 새해를 맞을 수 있게 된 것은……."

누군가 화장실에 들어가는데 아까 그 포스터가 또 보였다. 난생처음으로 피스 보트의 배를 타 보고 싶다는 생각이 들었다.

2차를 가는 사람들 눈에 최대한 띄지 않게 걷다 보니 어느새 긴자까지 왔다. 밤 열 시가 지난 시간이었다. 24시간 내내 눈부시게 밝은 편의점에서 캔 맥주 하나를 사서 나왔다. 편의점 바깥에 있는 쓰레기통에 영수증을 버리고 걸어가면서 맥주 한 모금을 쭉 들이켰다. 목구멍을 타고 넘어간 알코올이 뇌리까지 퍼지는 것 같았다. 걸음을 내디딜 때마다 발 안쪽이 찌릿찌릿하고 눈꺼풀을 깜빡거릴 때마다 색색의 조명이 시야에 들어왔다.

12월 긴자의 밤에는 출구가 없었다. 사람들은 물고기 떼처럼 천천히 유영하듯 쏠려 다녔다. 알코올 냄새가 풀풀 풍기는 날숨과 함께, 끝날 줄 모르고 반복되는 추억담과 뒷담화, 의견이라는 탈을 쓴 불만과 속이 뻔히 들여다보이는 욕망, 내일이 없는 유혹의 말들이 입에서 마구 쏟아져 나왔다. 밤을 잊은 사거리는 사람들로 가득했다. 이들의 의식과 체온이 엉겨 붙어서 환등기(그림, 필름 따위를 확대해서 스크린에 비추는 기계 – 옮긴이)가 쏘는 빛처럼 떠올랐다. 왼손으로 볼을 한번 툭 쳤다. 취했나? 나는 몽롱한 상태로 거대한 조명 장식을 따라 걸었다. 그러다 화려한 선물 상자와 황금색 테디 베어로 장식된 건물을 지나 인적이 드문 골목에 위치한 자그마한 빌딩 앞에 멈춰 섰다.

　명품 브랜드의 로고로 뒤덮힌 건물과 살짝 기울어져 보이는 전당포 사이에 낀, 세로로 긴 꼬마 빌딩이었다. 1, 2층은 그림책 서점인지 어린이 문학 전집을 소개하는 큼지막한 현수막이 걸려 있고 불은 완전히 꺼져 있었다. 포도 모양으로 디자인된 세련된 문도 굳게 닫혀 있었다. 꼭대기 층인 4층 창문은 스테인드글라스로 돼 있었는데, 어둠 속으로 숨으려는 창문을 달빛이 센스 있게 비춤으로써 가운데 새겨진 여인의 모습을 선명하게 드러내 줬다. 세 명의 동방 박사에게 둘러싸여 갓난아이를 안고 있는 유명한 그 여인과 눈이 딱 마주쳤다.

"힘드셨죠?"

내가 말했다.

"얼마나 힘들었을까요? 동정의 몸으로 잉태하니 천사다 뭐다 여기저기서 찾아오고. 난 경험하지 못했지만 임신 중에는 입덧 때문에도 힘들었을 텐데…… 그리고 나이도 꽤 어렸죠? 주위에서도 많이들 놀랐죠? 불륜으로 오해받진 않았나요? 약혼자였던 양치기, 아, 목수였나? 요셉? 요셉은 화내지 않던가요? 아, 미안해요. 실은 제가 당신에 대해서 잘 몰라요.

제가요, 지금 임신한 척하고 있거든요. 아, 그럼 안 된다고 화내시려나? 저한테는 천사도 박사도 찾아오지 않았어요. 물론 부모님한테도 말하지 않았고요. 하지만 회사 사람들은 많이들 놀랐나 봐요. 계속 의외라고 난리네요. 뭐가 의외라는 건지, 참. 어차피 서로 잘 알지도 못하는 사이면서. 그래서요……"

끼익— 덜컹 덜컹 덜컹!

좁은 골목에서 갑자기 택시가 나타나 내 쪽으로 달려왔다. 택시는 속도를 늦출 생각이 전혀 없어 보였다. 나는 비틀대다 겨우 한쪽으로 비켜섰다. 택시가 바로 뒤를 지나가는 바람에 차체에 코트 자락이 살짝 닿았다. 자그마한 충격이었지만 어찌나 놀랐는지 몸이 움찔했다. 무정한 택시는 아무 일 없었다는 듯 그대로 가 버렸다.

나는 인적 없는 거리를 한동안 멍하니 바라보고 있었다. 그때 맞은편에서 사람들의 목소리가 들려왔다. 웃음소리였다. 한두 사람이 아니었다. 웃음소리가 점점 커졌다. 이윽고 목소리의 주인공들이 나타났다. 도합 열 명 정도 돼 보였다. 다들 한껏 취해서 균형 잡는 역도 인형처럼 좌우로 흔들거리며 걸어왔다. 머리에는 하나같이 삼각모를 썼다. 어둠 속에서 빨강과 초록의 줄무늬가 암호처럼 살짝살짝 반짝였다. 홍학같이 다리가 가늘고 긴 여자가 맨 앞에서 걸어오며 간판을 가리켰다. 그러면서 뭐라고 큰 소리로 떠들자 웃음소리가 한층 더 커졌다. 술 냄새가 풀풀 풍기는 입김이 나한테까지 와서 닿을 것만 같았다. 누군가의 휘파람소리가 높고 가늘게 조용한 밤을 어지럽혔다.

그냥 자리를 뜰까도 생각했다. 아무하고도 얽히고 싶지 않았다. 그런데 '아니, 내가 왜 저 사람들 때문에 자리를 비켜?' 하는 생각이 스쳤다. 나는 여인과 이야기를 더 하고 싶었다.

최대한 천천히 시간을 들여서 누군가를 기다리는 듯한 표정을 지으며 가방에서 스마트폰을 꺼냈다. 그리고 나서 몸을 꼿꼿이 세우고 스마트폰을 보면서 누르는 척했다. 눈부신 화면이 눈을 찌를 때쯤 그들이 내 뒤를 지나갔다. 누가 내 등을 툭 건드렸다. 속에서 딸꾹질이 나왔다.

"메리 크리스마스!"

학 다리 여자였다. 여자가 내 눈을 똑바로 쳐다보면서 목청껏 외쳤다. 놀라우리만치 투명한 눈동자 속에 내 얼굴이 비쳤다. 벙찐 내 얼굴이 그 눈동자 속에 갇혀 빠져나오지 못할 것만 같았다.

"메리 크리스마스! 메리 크리스마스!"

뒤따라 오던 사람들도 연신 메리 크리스마스를 외쳤다. 남자, 여자, 젊은 사람, 나이 든 사람도 있는 것 같았다. 축복의 말들이 조용한 겨울밤을 한바탕 흔들고 지나갔다. 사람들이 길 저 끝으로 사라져 갈 때쯤 제일 뒤에 있던 사람이 갑자기 뒤를 돌아봤다. 그러더니 나를 향해 배를 쓰다듬는 흉내를 내며 앙코르를 외치듯 소리 없는 박수를 보냈다. 그렇게 한밤중 성자들의 행진은 끝이 났다.

메리 크리스마스.

거리에 적막이 찾아오고 한참이 지나서야 비로소 소리

내 말할 수 있었다. 다시 고개를 들어 스테인드글라스를 올려다봤다. 여인은 여전히 미소 짓고 있었다.

"임신했다는 말을 들었을 때 많이 놀랐겠죠. 실은요, 당신의 아이의 탄생을 축하하는 사람들이 지금도 꽤 많아요. 세상에는 당신과 당신 아이의 존재에 구원받은 사람들도 많답니다. 그런데 영원히 성모라 불리고 누군가의 어머니라 불리는 건 좀 그렇지 않나요? 혹시 취미는 있었어요? 좋아하는 연예인은요? 스트레스가 쌓일 때는 뭐 했어요? 아이가 성장한 후에도 계속 성모라 불린 것도 그렇고, 귀한 자식이 십자가에 못 박히기까지 했으니 얼마나 고통스러웠을까요. 당신이 성모가 아닌 당신의 고유한 이름으로 불리면서 좋아하는 일도 하고 적당히 낮잠도 잤기를 진심으로 바라요."

문득 빌딩 입구 유리창에 허옇게 비친 내 모습이 보였다. 정면을 보고 서서 볼록해진 배를 앞으로 쑥 내밀었다. 그러고는 "축하해." 하고 입속말로 나직이 중얼거렸다.

나는 스테인드글라스의 여인에게 가볍게 손을 흔들고 역으로 향했다. 움츠렸던 어깨를 쫙 펴자 밤공기가 폐로 시원하게 쑥 들어왔다. 낡은 빌딩, 아스팔트, 가로등이 별자리를 새겨 놓은 듯 깜빡였다.

전철역 입구가 가로수로 심어 놓은 버드나무에 숨어 비밀스럽게 자리하고 있었다. 큰길가에서 들려오는 웅성거림과 차 소리에 잠시 귀를 기울이다 아무도 없는 계단을 내려갔다.

집에 와서 무알코올 맥주를 마셨다. 오늘 갔던 술집의 안주만으로는 중요한 순간에 목소리를 제대로 낼 수 없었던 걸 떠올리며, 뉴우멘(소면을 간장 육수나 된장 육수에 넣고 끓인 것 - 옮긴이)도 만들어서 미리 해 둔 무말랭이 조림과 삶은 닭고기를 곁들여 먹었다. 만족스러운 야식을 먹고 나서 산모 수첩 앱에 오늘 먹은 음식과 운동량을 입력했다. 운동량은 전철역 두 정거장 걷기였다.

이렇게 해서 블루 라이트를 뿜어내는 내 성서의 첫 장이 완성되었다.

임신 20주 차

"이제 슬슬 네 방 좀 치워. 옛날에 보던 만화책이랑 두고 간 옷도 있잖아. 오빠랑 네 새언니 내일 온다는데."

"내일이잖아. 어차피 오후에나 도착할 텐데, 뭐."

내가 고기와 경수채를 집어 그릇에 담고 국자로 거품을
덜어 내면서 대답했다. 엄마 아빠 눈에는 잘 보이지 않았겠
지만 거품이 냄비 벽 쪽에 갈대숲처럼 몰려 있었다.

아빠는 홍백가합전(일본의 공영 방송사 NHK가 매년 12월 31일에
방송하는 남녀 대항 방식의 음악 프로그램 – 옮긴이)에 모르는 가수가
나왔는지 연신 채널을 돌렸다. 하지만 결국 마음에 드는 프
로를 찾지 못했는지 다시 홍백가합전이 나오는 채널에 맞
춰 놓고 잔에 맥주를 따랐다. 더 이상 고기는 먹지 않을 모
양이었다. 엄마는 애초부터 전골에 손을 거의 대지 않았다.
낡은 벽시계가 집에 어울리지 않게 큰 소리로 시간을 알릴
때쯤 나조차도 잘 모르는 아이돌 그룹의 노래가 시작됐다.
아빠가 텔레비전 볼륨을 낮추려다 버튼을 잘못 누르는 바
람에 부음성(副音聲)이 같이 나오기 시작했다. 때마침 욕실
에서 세탁기의 건조가 끝났음을 알려 주는 전자 멜로디까
지 울려 퍼지면서 성인 세 사람의 식탁은 그야말로 아수라
장이 따로 없었다.

보스턴백을 현관 마루에 내려놓고 얼굴까지 덮고 있던
머플러를 살짝 풀어 젖히자 온몸의 힘이 쫙 풀렸다. 어둑
한 계단에서 수많은 얼굴들이 나를 내려다봤다. 갓포기를

입은 엄마가 얼굴을 빼꼼 내밀며 말했다.

"조심해서 올라가. 인형 바람 쏘이는 중이야."

내 히나 인형(매년 3월 3일 여자아이의 행복을 기원하기 위해 열리는 히나마쓰리 때 히나단을 장식하는 인형 - 옮긴이)과 오빠의 고가쓰 인형(매년 5월 5일 남자아이의 건강을 기원하면서 장식하는 갑옷과 투구 차림의 인형 - 옮긴이)이었다. 인형들은 2층으로 올라가는 낡은 계단을 한 칸씩 차지하고 앉아서 차가운 봉당을 내려다보고 있었다. 코트 자락이 닿지 않게 조심하며 한쪽 끝으로 올라가면서 보니 얼굴이 새하얀 오다이리 사마(일왕 부부를 본뜬 남녀 한 쌍의 인형 - 옮긴이)와 히나 인형, 고가쓰 인형을 사이에 두고 산닌 칸조(히나단의 두 번째 단을 장식하는 세 명의 시녀 인형 - 옮긴이)가 있었다. 양말에 뭔가 닿은 것 같아서 돌아보니 이름을 알 수 없는 할아버지 인형들이 넘어져 있었다. 당황한 나는 누가 볼세라 얼른 인형들을 다시 세워 놓고 위로 올라갔다.

인형의 행렬은 2층까지 이어졌다. 책장에는《가정 의학》이라는 제목의 책과 내가 두고 간《해리 포터 시리즈》사이에 고닌 바야시(히나단의 세 번째 단을 장식하는, 다섯 가지 악기를 연주하는 악사 인형 - 옮긴이)가 여기저기에 대충 놓여 있었다. 밴드 멤버 같은 일체감은 전혀 느껴지지 않았다. 짐을 내려놓기가 무섭게 아래층에서 엄마가 불러서 다시 인형 옆을 조심조심 내려갔다. 너희들이 매년 이렇게 나를 위해서 기도해 주는데 미안하다. 궁합이라는 게 있잖니? 다음부터는 부모만 보지 말고, 본인의 희망이 뭔지 좀 듣고 집을 고르는 게 좋지 않을까? 인형들은 찬성도 반론도 하지 않았다.

1층은 공기가 아주 썰렁했다. 아빠가 있나 하고 거실을 봤는데 텔레비전 홀로 아무도 없는 좌식 탁자를 향해 신나게 떠들고 있었고, 풀다 만 스도쿠(숫자 퍼즐 - 옮긴이)가 그대로 놓여 있었다. 텔레비전을 끄고 옆방을 들여다봤다. 최근에 손님방을 다녀간 사람이 없었던 모양이다. 복도로 나오자 집 안임에도 새하얀 입김이 뿜어져 나왔다. 복도 끝에 있는 부엌문을 여니 찐득한 간장 냄새와 뭔가를 굽고 조리는 열기며 수증기가 쏟아졌다. 가스레인지 앞에 있던 엄마가 뒤돌아봤다.

"미안. 지금 너무 바빠. 아빠 목욕하는데 끝나면 네가 들어가."

조리용 젓가락을 든 엄마의 손이 어찌나 앙상한지 엄마가 볶고 있는 당근과 깍지콩이 더 생기 있어 보일 지경이었다.

엄마의 한텐(일본의 전통 실내 방한복 - 옮긴이)을 걸치고 설날용 쿠키를 먹으며 아빠가 욕실에서 나오길 기다렸다. 탁자에 신문이 있었다. 요즘은 종이 신문을 볼 일이 거의 없었다. 지역 신문은 오랜만이었다. 전에 봤을 때보다 글씨가 한 포인트 이상 커져 있었다. 시내 요양원에서 어르신 두 분이 직원들 몰래 밤중에 떡을 먹다 기도가 막혀 사망했단다. '아직 설날도 아닌데 뭐 그리 급하셨을까.' 하는 생각이 들었지만 한편으론 왠지 그 마음을 알 것도 같았다. 크리스마스가 끝나고 설날까지 참지 못한 어르신들의 마음을 말이다. 딱히 할 일도, 설렐 일도 없는 달력에 새겨진 나날은 어쩌면 그들에게 있어 출구 없는 꿈 같은 것인지도 몰랐다.

"이봐, 마쓰마에 장아찌(마쓰마에 지역산 다시마, 청어알, 건오징어 등을 간장에 버무려 담은 장아찌 - 옮긴이) 이제 먹어도 되지?"

"제발 그러지 좀 마. 내일 다 모이면 먹어야지. 점심 먹고 나서 단팥죽도 먹었잖아. 그러다 또 선생님한테 혼나려고."

나는 엄마의 핀잔에도 꿋꿋이 냉장고 안을 뒤지는 아빠의 뒷모습을 보며 욕실에 들어갔다. 넓고 하얗고 뜨겁고, 뜨겁다……. 평소에 자주 가는 도쿄의 드러그스토어에서는 본 적 없는 샴푸와 보디 워시가 있었다. 욕조에 들어가 한껏 기지개를 켰다. 수도꼭지 옆에 곰팡이가 살짝 피어 있었다.

"너 지금 사는 집 몇 년째지?"

"음, 6년째일걸? 아마도?"

엄마가 젓가락으로 두부를 가르면서 물었다. 아빠가 한 손에 안주를 들고 거실로 가서 술을 마시기 시작하자 그제서야 전골을 조금씩 덜어 먹었다. 엄마는 폰즈(감귤 과즙으로 만든 일본의 대표적인 소스 – 옮긴이)를 말도 안 되게 많이 뿌리고는 추하이(소주, 탄산수, 과즙을 섞어 만든 일본의 주류 음료 – 옮긴이) 캔을 땄다.

"마실래?"

"아니. 됐어. 지난주부터 금주 중이야."

"요즘 회사는 어때?"

"맨날 똑같지, 뭐."

엄마가 조리용 젓가락을 집으려고 몸을 앞으로 내밀었다. 푸르스름한 두피 위에 형광등 불빛이 떨어졌다. 그새 머리카락이 많이 가늘어진 것 같았다. 다음 엄마 생일 때는 좋은 샴푸를 보내 드려야겠네. 나는 엄마에게 젓가락을 집어 주고 테이블 아래에 있는 스토브를 강으로 올렸다.

"너희 회사는 괜찮지? 안정적이고 주택 수당도 꼬박꼬박 돈으로 주고. 이직한다고 그만두는 사람도 별로 없지?"

"많진 않지."

"너희 오빠네는 많이 어려운가 봐. 히로토 하나만으로도 힘들 텐데 작년에 하루나까지 태어났잖니. 물론 축하할 일이지만……. 아까 인형 봤지? 너희 둘 거. 그거 내일 애들 주려고 바람 쏘이고 있는 거야."

오빠랑 새언니는 엄마가 이러고 있는 걸 알까? 매년 옆 현에서 오빠네 가족이 타고 오는 하늘색 경차가 떠올랐다. 언제나 보이지 않을 때까지 손을 흔들어 주는 조카가 이번 에는 많은 인형들과 함께 뒷좌석에 앉아서 가겠구나.

"요즘 젊은 사람들은 여유도 안 되면서 뭐든 일단 저지르고 보니 큰일이야. 어차피 낳아 키울 거면 일찍 낳는 게 좋기는 하다만."

"맞아. 임신하면 힘들지."

내가 고개를 끄덕였다.

엄마는 전골을 더 먹을 생각이 없는지, 요즘 시민 회관 에서 배우고 있는 훌라 댄스 교실 이야기를 시작했다. "볼래?" 하면서 접시를 내려놓고 춤을 추는데 생각보다 잘 췄다. 댄스 교실에서 알게 된 사람이 알려 줘서 마시게 됐다는 우엉 차도 마음에 든 모양이었다. 다음에는 내 것도 주문해서 도쿄 집으로 보내 주겠다고 했다.

홍백가합전에서 형광빛 조명이 흘러나오기 시작하자 엄

마가 아이스크림을 꺼내 왔다. 하겐다즈 컵 아이스크림이었다. 그리고 보니 혼자 살면서부터는 아이스크림을 사 먹은 적이 거의 없었다.

"시원하고 맛있어."

엄마는 엄마 것도 있다고 해 놓고선 어차피 혼자 다 못먹을 거라며 내 아이스크림에다 갑자기 자기 숟가락을 꽂았다. 엄마의 피터 래빗 스푼에 핑크색 아이스크림이 살짝 남아 있는 게 보였다. 엄마가 웃을 때마다 입안의 은니가 반짝였다. 엄마가 아이스크림을 먹다 말고 갑자기 잡지를 가지고 왔다. 지금 보려는 건가 했더니 웬걸, 내 초등학교 동창이 잡지에 나왔다면서 나한테 보여 주려던 것이었다.

"봐봐. 그 귀여웠던 애, 너희 반이었잖아."

엄마는 기억을 더듬어 보라는 듯 재촉했지만 나는 그런 애가 있었는지조차 가물가물했다. 엄마는 잡지를 보여 주면서 자기 말만 한바탕 늘어놓았다. 그러고 나서 상을 치우고 이를 닦더니 함께 새해를 맞을 생각조차 하지 않았던 듯 안방으로 들어가 버렸다.

나는 혼자서 남은 아이스크림을 먹었다. 따뜻한 방에서 먹는 아이스크림은 더욱 달콤했다. 스누피 머그에 담긴 차를 마시며 컵 바닥에 녹아서 고여 있는 아이스크림을 끝까지 긁어 먹었다. 집 안에는 피터 래빗, 스누피, 도라에몽, 헬로 키티 등 다양한 캐릭터들이 망령처럼 오빠와 내가 떠나고 없는 이 집에 계속 살고 있었다.

아이스크림을 다 먹고 나서 스푼과 컵을 씻고 부엌 불을 끈 다음 복도로 나왔다. 차가운 집 안 공기에 어깨가 떨렸다. 거실 앞을 지나가는데 텔레비전 소리가 들렸다. 아빠가 여태 텔레비전을 보고 있었나? 결국 홍백가합전을 끝까지 보기로 하셨구나…….

내가 쓰던 방은 지금은 엄마의 재봉틀 방이 됐다. 그래서 본가에 오면 보통은 빨래를 말리는 방에서 잤다. 장뇌(녹나무를 증류해 만든 천연 성분의 방충제 – 옮긴이) 냄새가 나는 손님용 이불을 깔고 있는데 창밖 멀리서 사람들의 환호성이 들리는가 싶더니 다시 조용해졌다. 스마트폰을 보니 새해가 밝아 온 듯했다.

"새해 복 많이 받아."

소리 내어 말했다. 임신 5개월째였다. 이 시기엔 아기에게 적극적으로 말을 걸면 좋다고 했다.

34년을 살면서 매년 이맘때를 어떻게 보냈는지 기억이
잘 나지 않았다. 겨울 방학이나 회사 휴가가 끝나고 오랜
만에 가방을 들고 나가면 어김없이 가방이 이렇게 무거웠
었나 싶은 생각이 들었다. 지각할까 봐 잔걸음으로 뛰어 언
덕에 오를 즈음이면 숨이 차오르며 추운 날씨에도 땀이 났
다. 지하철 계단으로 빨려 들어가는 검정색 아니면 회색 코
트를 입은 사람들을 보면서 '아, 싫다.' 하고 생각하는 것도
잠시, 어느새 나 역시 그들 틈에 끼어 있었다. 뿌연 안개 같
은 일상을 정신없이 살다 보면 한 해가 훌쩍 지나가 버리
는 일이 반복됐다.

그래도 올해는 좀 다른 색깔로 기억되려나?

"시바타 씨, 지금은 아세요?"

여기저기 빈자리가 눈에 띄는 오후가 되자 히가시나카
노 씨가 말을 걸어왔다. 작은 소리로 좋아하는 사람이 있냐
고 묻는 초등학생처럼.

"알다니, 뭘요?"

"그거요. 저기…… 아기 성별이요."

잊고 있었다. 그러고 보니 전에도 이 이야기를 했었다.

히가시나카노 씨의 잡초처럼 무성한 귀 털이 눈에 거슬려 창 쪽으로 시선을 돌렸다. 결로 때문에 창이 새하얬다.

"아⋯⋯."

"말하고 싶지 않으면 안 해도 되는데, 저, 그래도 괜찮으시면⋯⋯."

"남자아이예요."

히가시나카노 씨의 눈꼬리에 사정없이 주름이 잡혔다.

"아, 역시! 정말이에요? 아, 기분 좋다! 저, 시바타 씨 아이가 남자아이일 거라고 생각했거든요. 아, 기분 진짜 좋네요! 뭐, 남자아이든 여자아이든 상관없이 기대되는 마음은 똑같지만요."

온 얼굴에 주름이 자글자글한 채로 입을 헤벌쭉 벌리고 있던 히가시나카노 씨가 흥분했는지 목소리 톤이 높아지는 바람에 직원 몇 명이 이쪽을 쳐다보는 것 같았다. 왠지 모르게 등이 따가웠다. 자리에서 일어나 결로로 하얗게 된 창문을 열어 밖을 내다봤다. 공기가 더할 나위 없이 맑았다. 세상은 온통 차갑고 투명한 겨울색이었다. '남자아이!' 하고 소리치면 그 울림이 어딘가에 닿아서 새겨질 것 같았다.

사흘간의 설 연휴가 끝나자 배가 조금 더 커져 있었다.

부모님 집 근처에 있는 전병 가게에서 가부키아게(일본의 전통 쌀과자인 센베이를 간장에 튀긴 것 – 옮긴이)를 파는데, 엄마는 이것만 먹으면 입안이 다 헌다고 해서 '입안의 감자칼'이라고 불렀다. 연휴 내내 가부키아게를 먹은 탓도 있었겠지만, 그 이상의 묵직한 뭔가가 배 속에 살아 있는 듯한 기운이 느껴졌다. 연말까지 썼던 머플러를 다시 채워 넣으니 지금까지와는 또 다른 관록이 느껴졌다.

저녁에 걷는 정도로는 안 될 것 같아서 휴가 마지막 날 헬스클럽에 들렀다. 아무 말도 하지 않았는데 데스크에 있는 박고지(익지 않은 박의 속을 기다랗게 잘라서 말린 것 – 옮긴이)를 닮은 여직원이 "축하드려요." 하면서 임신부 요가 전단지를 건네줬다. 집에 와서 정독해 보니 회사에서 복리 후생의 일환으로서 요금의 일부를 지원해 주는 체인점이었다.

시무식 다음 날 화장실에 다녀온 사이 누군가 책상에 연하장 다발을 두고 갔다. 가벼운 한숨이 새어 나왔다. 맞다. 이게 있었지. 연하장을 담당자별로 분류해 나눠 주고 부서 앞으로 온 건 내가 일괄적으로 답장을 써야 했다.

이것 말고도 부탁받은 일이 몇 가지 더 있었다. 귀찮아서 일단 연하장은 잊고 있기로 했다. 그런데 어찌된 일인지 잠깐 자리를 비웠다 돌아와 보니 연하장이 없었다. 어디 떨어뜨렸나 하고 두리번거렸다. 그때 다나카 씨가 투덜거리는 소리가 들렸다. 다나카 씨는 부서원들의 자리를 돌면서 연하장을 나눠 주고 있었다. 아싸!

금요일 오후 외근을 나갔다가 현지에서 바로 퇴근하기로 했다. 아침부터 내리던 비가 막 그쳤다. 조금 이른 시간에 역에 도착해 우산을 접었다. 오로라 소스(토마토 퓌레를 넣은 소스 - 옮긴이) 같은 하늘이 펼쳐져 있었다.

고작 몇 시간 전에 처음 내린 역이었다. 새로 지은 듯한 역 승강장에는 사람이 거의 없었다. 역내 안내 방송을 빼면 들리는 것이라곤 휠체어를 탄 남성에게 열심히 말을 거는 초로(初老)의 여자 목소리뿐이었다. 남자는 초점 없는 눈으로 허공만 올려다볼 뿐 별 반응이 없었지만 여자는 아랑곳하지 않고 계속 말을 걸었다. 나는 이 역에 올 일이 또 있을까 생각하며 그 광경을 지켜봤다. 열차가 들어오기 시작하자 RPG(온라인 롤플레잉 게임 - 옮긴이) 속 메인 캐릭터가 모험을 떠날 때 흘러나올 법한 장대한 멜로디가 울려 퍼졌다.

전철을 타자 고등학생쯤 돼 보이는 여자아이가 자리를 양보해 줬다. 거절하지 않고 고맙다고 하면서 그냥 앉아야지. 쇼트커트를 한 여학생은 세일러복 위에 아웃도어용 블루종(허리 부분을 볼록하게 한 블라우스나 점퍼 – 옮긴이)을 입고 있었다. 여학생이 일어나는데 딱 예쁜 길이의 스커트가 찰랑거렸다. 그 학생은 다리 사이에 끼고 있던 백팩을 메고 내 옆자리에 앉아 있는 여학생의 머리카락을 손가락으로 빗겨 줬다.

"간유(대구과에 속하는 식용 어류의 신선한 간에서 얻은 지방유 – 옮긴이) 먹을래?"

"간유?"

"유치원 다닐 때 안 먹어 봤어? 사탕이랑 젤리 중간쯤 되는 거, 신 거 있잖아."

"알지. 근데 그게 지금 있다고?"

옆자리에 앉은 여학생이 파스텔 핑크색 머플러 위로 고개를 들었다. 상대 여학생을 올려다보는 긴 속눈썹에 순간 빨려들 것만 같은 착각이 일었다.

"손 내밀어 봐."

연보라색의 매우 가벼운 것이 하얀 손에서 다른 하얀 손으로 떨어졌다. 힐끗 보니 종이로 접은 곰과 개의 중간쯤 돼 보이는 동물이었다.

"오소리."

서 있던 여학생이 백팩 주머니에서 색종이를 꺼냈다.

"괜찮지?"

"다른 게 좋아. 더 귀여운 거. 간유는?"

"어제 남동생이 학교에서 가지고 온 거야. 안 쓰는 거라면서. 만들자."

"됐고. 간유나 빨리 내놔."

"쉬워."

자리를 양보한 여학생이 오렌지색 색종이 한 장을 앉아 있는 여학생의 치마에 올려놓았다. 그런 다음 진녹색 종이를 잡고 오소리 접는 법을 설명하기 시작했다.

"처음에는 크게 삼각형으로 접어."

'처음에는 크게 삼각형으로 접어.' 나도 속으로 따라 접었다. 큰 삼각형부터 만드는구나⋯⋯.

"좀 천천히 해. 잘 못 따라가겠어. 그다음은?"

"그다음?"

"어제 메뚜기 먹었다."

자리에 앉은 여학생이 뜬금없는 말을 내뱉고는 무릎 위에서 꼼꼼하게 삼각형을 접었다. 슬슬 오소리 두 마리의 윤곽이 드러났다.

마침 전철이 큰 강을 건너는 중이었다. 수많은 집들이 잠시 끊겼다가 다시 엄청나게 많은 집들이 눈앞에 펼쳐졌다. 전철은 석양이라고 하기엔 너무나 투명하게 맑은 태양 아래를 달리고 있었다. 아, 그런데 나 어디서 내려야 되지? 모르겠다.

임신 23주 차

히가시나카노 씨는 남자아이라는 걸 알게 된 후부터 3일에 한 번꼴로 이름을 정했는지 물었다. "아직 고민 중이에요."라든가 "얼굴 보고 나서 정하려고요."라고 대꾸하면, 출산하고 나서는 여유롭게 이름이나 짓고 있을 시간이 없다고 했다. 화요일에 히가시나카노 씨가 외근을 나간 사이 책상에 부서 내 회람 서류를 갖다 놓으려는데 노트 사이로 메모가 삐져나와 있는 게 보였다. 메모에 '시바타 씨'라고 쓰인 포스트잇이 붙어 있기에 무심코 뽑아 들고 내 자리로 와 앉았다.

살짝 펴 보니 노트를 찢은 종이였다. 얼마나 여러 번 작게 접었는지 반질반질해져서 무두질한 가죽을 만지는 줄 알았다. 맨 위에 연필로 갈겨쓴 '시바타'라는 글자가 크게 있고, 그 밑에 남자아이의 이름으로 보이는 한자가 우글

거리는 벌레 떼처럼 가늘고 작은 글씨로 여러 개 쓰여 있었다. 한자 옆에는 획수로 보이는 숫자도 함께 메모돼 있었다. 몇몇 이름에는 빨간색으로 동그라미까지 쳐 놓았다.

메모를 히가시나카노 씨의 책상에 도로 갖다 놨다. 무슨 일이 있어도 히가시나카노 씨보다 먼저 아이의 이름을 그럴싸한 걸로 정해야 돼……. 점심시간에 회사 근처 서점에 가서 임신 출산 잡지를 펼쳐 들었다.

이름을 지을 때는 부를 때의 어감이나 한자의 의미뿐 아니라 획수도 참고하고, 부모의 이름이나 태어난 계절과 관련된 한자를 넣기도 하는 등 정말 다양한 노력을 한다는 걸 처음 알았다. 그런데 '사, 시, 스, 세, 소로 시작하는 이름은 상쾌한 느낌이 들고, 라, 리, 루, 레, 로로 시작하면 씩씩한 느낌을 준다'와 같은 이름의 어감에 대한 부분이나, '계절이나 달력과 연관된 한자를 넣는 게 인기'라는 부분처럼 언뜻 수긍이 가지 않는 내용도 꽤 많았다. 지금까지 사, 시, 스, 세, 소로 시작하면서 짓궂게 느껴지는 이름을 여럿 봐 왔다. 또 계절과 관련된 한자를 넣으면 사람들에게 이름의 뜻을 설명하기 편하다는 장점 외에는 딱히 좋은 게 없었다. 우리 부모님도 바다의 날에 태어난 오빠의 이름을 '가이토

(海人)'라고 지어 줬다. 하지만 아이러니하게도 오빠는 수영을 못해서 여름을 싫어했다. 게다가 학창 시절 내내 '우민추(일본어로 '우미'는 '바다'라는 뜻 - 옮긴이)'라는, 오빠가 극혐했던 별명으로 불려야만 했다.

잡지를 읽어 내려가는데 "먼저 어떤 아이로 커 줬으면 하는지 부부가 각자 적은 다음에 이야기를 나눠 보세요."라는 글귀가 눈에 들어왔다. 만삭의 여자가 소파에 앉아 행복한 표정을 짓고 있는 일러스트의 말풍선에 "배려심 있는 남자아이로 커 줬으면 좋겠어."라고 적혀 있고, 그 옆에서 남편으로 보이는 남자 일러스트가 "강인하고 뭐든 열심히 하는 아이였으면 좋겠어."라고 말하고 있었다. 남자의 발 옆에는 고양이가 잠자고 있었다.

나는 남편도 없고 고양이도 없었으므로 서점 통로에 홀로 서서 잡지를 보며 고민했다. 만약 아이를 낳는다면 아이가 어떤 사람으로 크면 좋을까? 몇 분 정도 골똘히 생각해 봤지만 아이에게 뭘 바라야 할지 도통 떠오르지 않았다. 그러다 '나와는 다른 인격을 갖게 될 사람에게 이것저것 바라도 되나.' 하는 데에까지 생각이 미치자 갑자기 불안해졌다. 배를 쓰다듬어 봤지만 배 속에 채워 넣은 수건의 오돌토돌한 느낌은 오히려 도움이 되지 않았다.

다만 '이런 아이는 되지 않았으면⋯⋯.' 하는 건 많았다. 상상력이 부족하고 허세가 강하고 요령이 없는 사람은 싫었다. 다른 사람 이야기를 귀담아듣지 않는 것도 문제일 테고, 반대로 남의 눈치만 보는 사람은 나중에 인생이 괴로울 것이었다. 요즘은 손 글씨를 쓸 일이 별로 없긴 하지만 글씨가 너무 지저분한 사람도 별로였다. 그리고 가능하면 나의 외꺼풀은 부디 닮지 않았으면 싶었다.

나는 잡지를 내려놓고 수첩을 꺼내 아이의 얼굴을 그려 봤다. 눈은 진한 쌍꺼풀도 좋지만 우수에 차 보이는 속쌍꺼풀도 괜찮을 것 같았다. 아무튼 전체적으로 너무 진하지 않은 게 좋았다. 입술은 얇고, 코는 크기가 적당하고, 눈썹은 짧고 모양이 잘 잡힌 게 좋았다. 눈밑에 점을 하나 그려 넣었다. 나쁘지 않은데?

목소리는 어떨까? 이 얼굴이면 목소리 톤이 낮진 않을 것 같았다. 말이 빠르지 않고, 성품은 느긋하고 온화하고, 총명하고, 성별, 나이, 국적 따위로 상대방을 차별하지 않고, 큰소리로 화내지 않고, 다른 사람의 이야기를 들을 줄 아는 겸허함과 비굴해지지 않을 정도의 자존심이 있고, 적당히 사회성이 있고, 적절히 세상을 의심할 줄 안다⋯⋯. 나는 아이의 얼굴 옆에 성격을 써 내려갔다.

수첩에 메모를 하다 문득 이런 생각이 들었다. 지금까지 상상 속의 아이가 몇 명이나 존재했을까? 그 아이들은 지금 어디서 어떻게 지내고 있을까? 모두 건강히 잘 지내면 좋겠네.

점심시간이 끝날 무렵의 엘리베이터는 혼잡하지 않은 적이 없었다. 엘리베이터에서 내려 내 자리로 오니 히가시나카노 씨가 커다란 손수건으로 도시락 통을 싸고 있었다. 책상 한 켠에는 좀 전에 봤던 종이 쪼가리가 있었다. 또 이름 생각하고 있었나? 나는 못 본 척하고 히가시나카노 씨에게 단호하게 말했다.

"이름 정했어요. 시바타 소라토예요. 빌 공(空), 사람 인(人) 자를 써서 소라토요."

히가시나카노 씨는 입으로 몇 번 중얼중얼하면서 허공에 대고 손가락으로 보이지 않는 한자를 써 보더니 만면에 미소를 띠며 끄덕였다.

"소라토, 좋은데요! 멋져요."

1월 말로 접어들면서 배가 점점 불러 오자 발을 헛딛는 일이 잦아졌다. 몸의 중심이 달라졌는지 멀쩡히 걷다가도 갑자기 등이 휘청했다. 넘어진 내 모습이 머리를 스치는 찰나에 가까스로 버티고 서서 배를 감싸 안았다. 특히 전철역의 턱이 낮은 계단을 내려갈 때나 방에서 베란다로 나갈 때 가끔이라고는 할 수 없을 정도의 빈도로 그랬다.

산모 수첩 앱을 보니 배가 불러 오면서 흔히 경험할 수 있는 일이니 넘어지지 않도록 주의하고 체중 관리에 신경 쓰라고 쓰여 있었다. 나는 요가 전단지를 받아 왔던 헬스클럽에 등록하기로 마음먹었다. 원래도 요가에 관심이 있었고, 결정적으로 사원 복지 차원에서 회사가 헬스클럽 비용 일부를 지원해 준다는 점이 큰 영향을 줬다.

안내 데스크로 가서 할인 티켓을 내밀자 일전의 박고지를 닮은 여자의 표정이 순간적으로 안 좋아졌다. 임신부 요가 교실이 인기 수업이긴 하나 할인 대상이 아니라서 전액을 자비로 부담해야 한다고 했다. "대신 이건 어떠세요?" 하며 박고지를 닮은 여자가 서랍에서 다른 전단지를 꺼내 내밀었다.

"에어로빅이요?"

나는 의아해하며 되물었다. 초등학교 때 학교 끝나고 집에 가면 가끔 텔레비전 앞에서 에어로빅을 하는 엄마를 볼 수 있었다. 엄마는 아빠에게는 비밀로 하고 다이어트를 위해 에어로빅 비디오를 샀었다. 나는 엄마가 만들어 준 찐빵이나 쿠키를 먹으면서 엄마의 뒷모습, 특히 한 박자씩 느리게 흔들리는 엉덩이를 지켜보곤 했다. 그러고 보니 언제부터인가 엄마가 에어로빅을 하는 광경을 보지 못했다. 중간에 포기한 건가? 아니면 내 귀가 시간이 늦어지면서 못 본 건가?

"네. 임신부 에어로빅이란 건데요. 다이어트 효과가 좋아 임신하신 분들 사이에서 인기가 많아요. 임신 13주 차부터 들으실 수 있고요."

"한 번도 안 해 봤는데 가능할까요?"

"임신부 대상 반이라서 익숙하신 분들이 그렇게 많지 않아요. 다 마찬가지랍니다. 괜찮아요."

임신부 에어로빅 수업의 등록을 마치자 박고지를 닮은 여직원이 서류를 모아 봉투에 담아 줬다. '신나는 음악으로 스트레스는 NO! 순산으로 GO! 참 쉬운 임신부 에어로빅'.

임신부 에어로빅 수업이 이루어지는 스튜디오의 문을 열자 형형색색의 옷을 입은 임신부들이 보였다. 무슨 봄에 열리는 동네 축제에라도 온 줄 알았다. 빨강, 주황, 초록 등 원색의 티셔츠를 입은 사람들 가운데 브라 톱을 입은 사람도 종종 눈에 띄었다. 때마침 "배 속에 한 명 더 있잖아!"라는 말이 들려왔다.

임신한 이후로 역이나 가게에서 임신한 사람이 있으면 힐끗거리는 버릇이 생겼다. 그런데 임신부가 이렇게 많이 모여 있는 곳은 처음이었다. 여기서는 다들 뭔가로부터 해방된 듯 큰 소리로 깔깔대기도 하고 투덜투덜 불만도 털어놨다. 동물원의 좁은 우리 안에서 풀이 확 죽은 채로 혼자 갇혀 있던 북극곰을 야생으로 돌려보내면 이렇게 되려나?

시끌벅적한 스튜디오 안에서 입을 꾹 다물고 있는 건 나와 매트에 앉아 있는 한 사람뿐이었다. 그녀는 뚱뚱한 체형에 곱슬머리를 굵은 밧줄처럼 땋아서 늘어뜨린 헤어스타일을 하고 있었다. 배가 꽤 많이 부른 그녀는 형광 파랑 티셔츠에 팽팽 도는 두꺼운 안경을 써서인지 상당히 촌스러워 보였다.

저 안에 아기가 있구나. 나도 모르게 침을 꿀꺽 삼키고 주위를 둘러봤다. 다른 사람들도 모두 크기만 달랐지 당당하게 볼록한 배를 드러내고 서 있었다. 컬러풀한 천과 보드라운 피부 속에 아가들이 무방비 상태로 있었다. 나는 배를 살짝 쓰다듬어 봤다. 티셔츠 사이로 살랑살랑 바람이 들어왔다. 오늘은 배에 아무것도 넣지 않았다.

수업 시간이 가까워오자 흰 옷을 입은 여자가 와서 수강생들의 혈압과 체중을 순서대로 재기 시작했다. 순서를 기다리는 동안에도 수다는 멈추지 않았다. 내 순서가 되자 앞으로 나가 안내 데스크에서 받은 종이를 건넸다. 그녀는 "아, 오늘 처음 오셨구나." 하며 미소를 지었다. 머리에 브리지 염색이라도 한 듯 흰머리가 드문드문 눈에 띄었다. 보이시한 쇼트커트 스타일이 아주 잘 어울렸다. 여자는 순식간에 몸무게를 비롯해 몇 가지를 메모하더니 내 어깨를 탁 쳤다.

"24주 차치고 배가 좀 홀쭉한 편이네요. 그래도 괜찮아요. 제가 매일같이 임신부들을 봐 와서 아는데 순산하실 거 같아요. 체격이 딱 그래 보여요. 골반 모양도 좋고요. 잘 먹고 잘 자고, 여기서 에어로빅도 빠트리지 않고 열심히 하면 건강한 아가를 만날 수 있을 거예요."

그런데 이 에어로빅이란 게 정말 대단했다. 거짓말 같았다. 말이 안 됐다. 사람이, 그것도 임신부가 어떻게 저런 동작이 가능해?

처음에 스트레칭을 할 때는 그럭저럭 괜찮았다. 다들 "아, 시원하다!"로 시작해 "아, 아야!" 하고 끙끙대는 소리를 낼 때까지만 해도 목가적인 편이라고 생각했다. 대충 이 정도 수준에서 끝날 줄 알았기 때문이다. 그런데 스트레칭이 끝나자 선생님이 "여러분, 물 드실 시간입니다."라고 말했고, 이때부터 다들 급격히 말수가 줄기 시작했다. 선생님의 손뼉에 맞춰 스텝 연습이 시작되자 의류 압축 팩에서 공기가 빠져나가듯 웅성거리던 스튜디오에서 군더더기가 싹 빠져나갔다. 그리고 저음의 리듬이 커다란 볼륨으로 흐르기 시작했을 즈음 감이 왔다. 여기는 비트가 모든 것을 지배하는 곳이다! 형광등이 꺼지고 미러볼이 돌기 시작하자 스튜디오가 클럽 분위기로 돌변하면서 본래의 모습을 되찾았다.

찍소리 못하게 하는 베이스 음이 스튜디오 전체에 퍼지자 위가 흔들렸다. 가벼운 스텝으로 시작해 쩌렁쩌렁 울리는 음악에 손뼉 소리가 더해지고, 영원히 끝날 것 같지 않던 연속 스콰이 마무리되자 스텝이 훨씬 더 과격해졌다. 그러고는 서서히 다이내믹한 댄스가 시작됐다. 서로가 일부러 말 한마디하지 않는다기보다 연신 팔다리와 목을 움직이기 바빠서 그럴 여력이 없었다.

"올리세요! 높이, 높이, 더 높이!"

좀 전까지 티셔츠에 레깅스 차림이었던 선생님은 어느새 거의 벗은 거나 다름없는 모습으로 바뀌어 있었다.

"조금이라도 힘든 분들은 무리하지 마시고 쉬세요!"

선생님은 잘 따라가지 못하는 사람이 있으면 가까이 다가가서 웃는 얼굴로 "괜찮으세요?" 하며 어깨에 손을 얹었다. 가느다란 팔에 굵은 혈관이 솟아 있었다.

전면이 거울인 스튜디오의 벽 속에서 배가 부른 여자들이 진지한 얼굴로 춤을 추고 있었다. 스텝이 점점 과격해지자 교실이 살짝 흔들리기 시작했다. 당연했다. 눈에 보이는 인원의 두 배의 생명이 이곳에 있으니. 땀이 미러볼의 빛을 받아 다이아몬드처럼 빛나며 흩어졌다. 중간 부분부터 무릎에서 힘이 빠지기 시작했다. 하지만 다른 임신부들이 일사불란하게 움직이고 있었고 무엇보다 비트가 계속되는 한 멈출 수는 없었다. 이때 선생님의 목소리가 쩌렁쩌렁 울려 퍼졌다.

"자! 원! 투! 쓰리! 자! 한 번 더!"

모두가 리듬의 추종자가 돼서 미친 듯이 춤을 췄다. 그중에서 특히 눈에 띈 것이 바로 형광 파랑 티셔츠를 입은 아까 그 여자였다. 대부분은 무표정한 얼굴로 선생님을 따라하기 바빴지만, 그녀만큼은 맹수가 포효하듯 소리를 질러댔다. 그녀는 과일이라 해도 무방할 만큼 커다란 가슴을 흔들어 젖혔고 볼록한 배를 자꾸만 관능적으로 내밀었다. 풍작을 기원하는 의식을 치르듯 완전히 심취해 춤을 추는 그녀의 모습은 스튜디오에 강렬한 에너지를 퍼뜨리며 비트를 한껏 끌어올렸다.

교실의 뜨거운 열기가 폐 속까지 꽉 차오르고 이러다 팔다리가 다 떨어져 나가겠다 싶을 때쯤 최고조에 달했던 격렬한 비트가 갑자기 멈췄다. 대신 하프의 아르페지오(화음의 각 구성음을 동시에 연주하지 않고 연속적으로 연주하는 주법 – 옮긴이)가 흐르기 시작하면서 느릿한 멜로디의 음악으로 바뀌었다. 스텝도 서서히 느려졌다. 뒤이어 미러볼이 멈췄다. 나뭇잎 사이로 새어 드는 햇빛을 닮은 녹색 조명 아래 임신부들이 벌러덩 드러누워 가쁜 숨을 몰아쉬었다.

"감사합니다. 조심해서 가세요!"

나는 박고지를 닮은 여직원의 인사를 뒤로하고 헬스클럽을 나왔다. 역으로 향하는 사람들 틈에 형광 파랑 티셔츠 여자의 뒷모습이 보였다. 밧줄 같은 머리가 걸을 때마다 좌우로 왔다 갔다 했다.

일요일의 저녁 공기는 차가웠고 밖은 이미 어둑해져 있었다. 그런데 내 몸의 열기는 그대로였다. 몸속에서 따뜻한 것이 꿈틀거렸다. 신호를 기다리며 스마트폰에서 산모수첩 앱을 열었다.

'오늘의 운동량, 임신부 에어로빅 50분'.

임신 26주 차

정시에 퇴근하면 평일 저녁 에어로빅 수업도 갈 수 있었다. 횟수 제한이 없었으므로 일 끝나고 집에 가는 길에 헬스클럽에 종종 들러서 에어로빅을 하기로 했다. 지난주에는 화요일과 목요일에 갔고 이번 주에도 몇 번 갔다. 시작한 지 3주가 채 되지 않았는데 몸에 조금씩 변화가 생기기 시작했다. 씻고 나와 거울 앞에서 뒷모습을 보면 허리에서 허벅지 사이의 살이 좀 빠진 것 같았다. 몸에 힘이 생겼는지 넘어질 뻔하는 일도 줄었다. 배는 계속 불러 와서 허리와 등이 아플 때도 있었지만 막 힘든 정도는 아니었다. 오히려 컨디션은 아주 좋았다.

에어로빅이 없는 날은 영화를 보는 게 습관이 됐다. 이렇게 일찍 집에 올 수 있는 날이 앞으로 얼마 남지 않은 것 같아서 지지난 주에 아마존 프라임에 가입했다. 넷플릭스로 할까 고민하다가 이번 기회에 조금 오래된 영화를 보기로 했다. 지난주에는 '미드나잇 인 파리'와 '뻐꾸기 둥지 위로 날아간 새'를 봤고, 주말에는 '펄프 픽션'과 '블루', 그리고 '시네마 천국'을 봤다. 사나흘에 한 편 볼 때도 있고 두 편을 몰아서 보는 날도 있었다.

오늘은 에어로빅을 가는 날이었다. 퇴근 시간이 살짝 지나 슬슬 출발하려고 에어로빅복이 든 토트백을 꺼내는데 내 쪽을 쳐다보는 히가시나카노 씨의 시선이 느껴졌다. 히가시나카노 씨는 복사 용지 한 묶음을 끌어안고 내 뒤를 계속 왔다 갔다 했다. "하." 했다가 "아." 하는 소리와 종이 쓸리는 소리가 하도 나기에 어쩔 수 없이 뒤를 돌아봤다. 잔뜩 신난 얼굴의 히가시나카노 씨가 내 토트백을 손가락으로 가리키며 물었다.

"이거 뭐예요? 요즘 자주 들고 다니네요."

나는 달리 둘러댈 말이 없나 하다가 그냥 체념하고 임신부 에어로빅 교실에 다니기 시작했다고 대답했다. 히가시나카노 씨가 큰 소리로 말했다.

"그래요? 에어로빅이요?"

그러면서 계속 같은 말을 반복했다.

나는 과장님과 다나카 씨의 책상 쪽을 힐끔 봤다. 아무도 이쪽을 신경 쓰지 않는 눈치였다. 사무실 분위기가 어수선한 저녁때라 다행이었다.

"그거 꽤 과격하죠?"

"그 정도는 아니에요."

"그래도 신날 것 같아요."

"그런가요?"

"신나지 않아요? 소라토를 만나기 위한 준비 과정이잖아요."

소라토. 나 아닌 다른 누군가의 입에서 그 이름이 나오니 기분이 묘했다. 집에 있는 1인용 소파에 누워 졸고 있는데 누가 소파째 큰길에 내다 놔 홀로 덩그러니 남겨진 듯한 기분이었다. 불안했다. 그런데 한편으론 여기까지 오고 보니 어디든 갈 수 있을 것도 같았다. 잠옷 바람으로 공항에 가서 전혀 모르는 나라로 여행을 떠나도 괜찮을 만큼.

지금 다니는 회사로 이직이 결정되고 나서 남은 유급 휴가를 쓰기 위해 터키로 여행을 떠났었다. 꼭 터키가 아니라도 상관은 없었지만 영화에선지 어디선지 터키의 하얗게 메마른 땅을 봤던 게 떠올라 별생각 없이 항공권을 구입했다.

터키의 거리에서는 어디를 가나 음악 소리가 흘러나왔다. 곡의 종류는 상관없었다. 골목을 뛰어다니는 아이들의 발자국 소리, 상점 사람들의 수다 소리와 호객 행위를 하는 소리에 언제나 라이브 음악이 배경처럼 깔리고, 거기에 관능적인 향신료의 향과 고기 굽는 냄새가 잘 발려져 있었다. 낮에는 발이 편한 운동화를 신고 모스크의 웅장하고 아름다운 내부를 올려다보고, 밤에는 그랜드 바자르(터키 이스탄불의 가장 큰 시장 - 옮긴이)를 활보하다가 지치면 뜨겁고 진한 차이(터키식 홍차 - 옮긴이)를 마셨다. 애초에 치안이나 말이 통하지 않을 것에 대해서는 크게 신경 쓰지 않고 갔었다. 말은 거의 알아듣지 못했지만 그래도 눈치코치로 대충 절반 정도는 소통이 됐다. 특히 집 안에서 신발을 벗는 이곳 사람들의 습관은 익숙한 편안함을 줬다.

귀국하기 전날, 아침을 먹고 그동안 가 본 곳 중에서 마음에 들었던 데를 다시 찾아 산책을 하고, 오후에는 선물을 사러 다녔다. 먼지로 뒤덮인 골목에 다닥다닥 모여 있는 자그마한 가게를 신발이 닳도록 돌아다니면서 친구들에게 줄 작은 과자들을 샀다. 슬슬 호텔로 돌아가 저녁을 먹기 전까지 낮잠이나 좀 잘까 하던 참에 한 킬림 가게를 발견했다.

가게는 골목 안으로 깊숙이 들어가 있었다. 한 걸음 한 걸음 가까워질수록 공기가 조금씩 서늘해지고 진한 향수 냄새가 점점 강해졌다. 가게 앞에서 안을 들여다봤다. 약간 어두침침한 내부에 어마어마한 양의 카펫이 발 디딜 틈 없이 빼곡히 쌓여 있었다. 카펫에 새겨진 기하학적인 무늬가 마법진(魔法陣)처럼 꿈틀거렸다. 가게 안쪽에는 거무죽죽한 옷을 입은 갈색 피부의 여자가 뭔가를 쓰고 있었다. 내가 쳐다보자 여자는 눈만 살짝 치켜떴다. "편히 보세요." 라고 말하진 않았지만 그녀의 눈을 보니 안으로 들어가도 될 것 같았다.

안으로 들어가니 더욱 짙은 향기가 났다. 향을 피우는 건가? 여자는 여전히 뭔가를 쓰고 있었다. 나는 끝 쪽에 있는 킬림을 하나하나 살폈다. 만져도 되는지 알 수가 없어 그냥 눈으로만 봤다. 밖에서 볼 때는 무늬들이 꽤 선명했는데 어두운 가게 안에서는 좀 달랐다. 잠시 휴식을 취하고 있는 것 같기도 하고 뭔가 꿍꿍이가 있는 듯도 했다.

카펫 한 장이 눈에 들어왔다. 언뜻 보면 평범한 벽돌색이었다. 눈길을 끄는 화려한 배색도 아니고 사람들이 터키의 킬림 하면 떠올리는 특징적인 기하학무늬도 없는 수수한 킬림이었다. 그런데 얼굴을 바짝 대고 자세히 보니 마른 벽돌색에 식물의 넝쿨을 연상시키는 가느다란 무늬가 새겨져 있었다. 무늬 하나하나에 전 세계의 꽃들에서 채집해 온 듯한 다양한 빨강이 춤을 추는 비밀스러운 식물원이 형상화돼 있었다. 나도 모르게 손가락으로 무늬를 만지작거렸다. 이 녀석 데려가고 싶다, 갖고 싶다는 생각이 들었다.

하지만 킬림 끄트머리에 붙은 가격표를 보니 내가 살 만한 가격이 아니었다. 겨우 익숙해진 터키의 리라를 머릿속에서 일본의 엔화로 환산해 보니 이번에 묵은 저가 호텔 숙박비를 거뜬히 넘기는 가격이었다. 발밑에 까는 것에 그렇게까지 큰돈을 쓸 수는 없었다.

그만 가자. 아무 말 없이 그냥 나가기는 그렇고 뭐라고 인사라도 해야 하나 미적거리고 있는데 갑자기 사코슈(작고 납작한 가방 - 옮긴이) 안에서 스마트폰이 울렸다. 조용한 가게와 어울리지 않는 멜로디가 요란하게 울리는 바람에 당황해서 가게를 뒤로하고 황급히 골목으로 나왔다. 호객 행위를 하는 상인들의 목소리와 음식 냄새가 귀와 코를 마구 찔렀다.

"아, 여보세요?"

유키노였다.

"갑자기 전화해서 미안. 일 끝났어? 집이야?"

"터키에서 카펫 보고 있었어."

"뭔 소리야?"

나는 지긋지긋한 회사를 그만두기로 했으며 남은 유급 휴가를 쓰는 중이라고, 국제 전화 요금을 생각해서 간략히 알려 줬다. 일본에서 급한 전화가 걸려올 일이 없을 것 같아 해외 로밍 요금을 자세히 알아보지 않았었다.

"그래서 카펫은 샀어?"

"아니. 너무 비싸더라고. 혼자 사는 월셋집을 그렇게 큰 돈을 들여서 꾸밀 필요가 있나 싶더라."

"그렇구나."

유키노는 잠시 말이 없었다. 무슨 일로 전화한 건지 용건을 묻자니 국제 전화 요금이 부담돼서 내적 갈등이 일었다. 그때 유럽인들로 보이는 커플이 모양은 크레이프지만 아마도 크레이프는 아닌 듯한 뭔가를 먹으면서 내 앞을 지나갔다. 남자는 매우 간편한 차림이었다. 청바지 뒷주머니에 꽂아 넣은 지갑이 반쯤 밖으로 삐져나와 있었지만 크게 신경 쓰지 않는 눈치였다.

"얼마인지는 모르겠는데 혼자 살든 가족하고 같이 살든 꾸미고 싶은 게 있으면 꾸미고 살아. 네가 뭘 좋아하는지 까먹기 전에."

유키노는 "난 스마트폰 요금 같은 건 잘 모르지만 엄청 많이 나오면 나중에 꼭 말해 줘." 하고는 황급히 전화를 끊었다. 좀 전의 커플 중 여자가 남자의 주머니에서 지갑을 꺼내 들고 장난을 치자 남자가 화난 척했다.

나는 킬림 가게로 다시 들어갔다. 고작 몇 분 나갔다 들어온 것뿐인데 이곳의 어두침침함과 향은 내가 그리웠다는 듯 피부에 슥 스며들었다. 벽돌색 킬림을 들어 여자가 있는 곳으로 가지고 가자 여자는 쓰던 걸 멈추고 고개를 치켜들었다. 나는 당연히 글을 쓰는 거라고 생각했는데 그림을 그리고 있었다. 책상에 놓여 있는 계산대와 양 모양 도자기들이 주술에 걸린 듯 정교한 볼펜 터치로 장부 끄트머리에 재현돼 있었다.

여자가 계산대를 두드리자 가격표에 적힌 것보다 말도 안 되게 싼 금액이 화면에 표시됐다. 몇 번을 확인해도 확실히 많이 저렴했다. 그러나 그녀는 아무 말도 하지 않았다. 내가 신용 카드를 내밀자 여자는 귀찮은 표정을 굳이 숨기지 않고 계산대 밑에서 카드 리더기를 꺼냈다. 검은색

원피스 소매 사이로 보이는 커다란 금팔찌가 묵직한 소리
를 냈다.

내가 가게 밖으로 나올 때까지 그녀는 한마디도 하지 않
았다. 물론 나도 입을 열지 않았다. 가게 캐노피 밑에서 킬
림을 고쳐 메면서 뒤돌아보니 여자가 다시 뭔가를 그리고
있었다.

킬림은 아직도 우리 집에 있었다. 나는 매일 밤 이 킬림
에서 임신부 스트레칭을 하고 영화를 봤다. 어제부터는 '대
부'를 보기 시작했다.

임신 27주 차

"오일 안 써요? 이거 향 좋아요. 존 마스터스 오가닉인데
한번 발라 볼래요?"

향보다 건네받은 용기가 따뜻해서 놀랐다. 남의 손을 타
서 따뜻해진 갈색 용기. 평소의 나였다면 앞사람의 체온이
남아 있는 전철의 손잡이나 누가 앉아서 따뜻해진 내 회사
의자의 느낌을 싫어했을 것이다. 그런데 오늘은 이상하게

싫지 않았다. 탈의실에 평소보다 사람이 적어서 그런 걸지도 몰랐다.

"그러네요. 향이 정말 좋아요."

"그렇다니까요. 아무리 애써도 임신선은 결국 생기겠지만 그래도 꼭 케어해 줘야 한대요."

용기를 돌려받은 그녀는 배에 오일을 바르기 시작했다. 믿기지 않을 만큼 동그랗게 불러 온 배에 가냘픈 두 팔로 능숙하게 오일을 바르고, 손에 남은 오일은 하얗고 약간 긴 얼굴에 펴 발랐다.

이 얼굴을 어디서 봤더라? 어디서 본 것 같은데 어딘지 모르겠네. 옷을 갈아입고 신발장에서 신발을 꺼내는데 마침 그녀도 옆에 있었다. 그녀와 나는 동시에 "어." 하는 소리를 내뱉었다. 흰색 가죽으로 된 컨버스 올스타 두 켤레가 허공에 들려 있었다. 그녀가 뒤를 돌아봤다.

"라운지에 안 가실래요? 거기 가면 아까 같이 에어로빅했던 사람들 꽤 있거든요."

"라운지요?"

이전부터 알고는 있었다. 헬스클럽 입구에서 보이는 전면이 유리로 된 그곳은 나이 상관없이 삼삼오오 앉아 수다를 떠는 사람들로 언제나 복작였다. 다만 그 자리에 낄 생각을 하지 않았을 뿐이었다.

"수고했어."

"응. 수고했어. 어? 호소노 씨 살 또 빠졌어?"

"그럴 리가. 임신 전보다 10킬로 더 나가. 살 진짜 많이 쪘어."

"난 더해. 14킬로 쪘다니까."

"칼리 씨, 미안한데 거기 스마트폰 좀 줄래?"

입을 굳게 다문 채 주간지를 보고 있는 나이 지긋한 남자 둘 사이에 앉은 중년 여자들이 흰머리 염색을 하느냐 마느냐로 대화에 한창 열을 올리고 있었다. 그 옆에 나와 나이가 비슷해 보이는 여자 다섯이 야외 푸드 코트에 있을 법한 하얀색 플라스틱 테이블을 두 개 붙여 놓고 앉아 있었다. 가운데에는 종이 팩 음료와 빵이 놓여 있었다. 호소노라는 사람과 내가 다가가자 먼저 온 여자들이 의자를 옮겨 자리를 만들어 줬다.

"이건 누가 갖고 온 거야? 맛있겠다."

호소노 씨가 테이블 위를 가리키며 물었다.

"내가 사 온 거야. 우리 집 근처에 식빵이 유명한 빵집이 있거든. 요즘 거기 자주 가. 식빵 사고 다른 빵도 하나씩 꼭 사 오는데 오늘은 단팥 도넛 샀어."

한 여자가 도넛을 입에 넣으면서 "먹어. 먹어!" 하더니 나한테도 권했다. 살이 적당히 오른 오밀조밀하고 자그마한 얼굴에 풀 메이크업이 돼 있었고 그 흔한 모공 하나 보이지 않았다. 좀 전까지 땀이 범벅이 돼서 에어로빅을 했다고는 믿기지 않을 만큼 완벽한 메이크업이었다. 그나저나 속눈썹을 붙인 사람과 이야기하는 건 정말 오랜만이었다.

"참, 뜬금없지만 이름이 뭐예요?"

"시바타예요."

아– 시바타 씨–. 다 같이 연습이라도 하듯 합창을 하고는 출산 예정일은 언제냐, 우린 제2 중학교 근처에 사는데 집이 거기서 가깝냐 등등의 질문을 쏟아 냈다. 마치 작은 새들이 모여 있는 새장에 들어온 것 같았다. 나는 차분하게 모든 질문의 답을 해 줬다. 그랬더니 "5월생이면 어린이집 구하기 좋겠다."라거나 "우리 친정이랑 엄청 가깝네요."라는 말들이 돌아왔다.

"에어로빅은 처음이에요? 어때요? 꽤 힘들지 않아요? 나도 다른 데는 잘 모르지만 임신부 에어로빅은 여기가 제일 빡세다고 하더라고요."

"너무 힘들어서 이러다 애 나오겠다 싶더라니까."

시끌벅적한 작은 새장에 앉아 있자니 왠지 모르게 조금

안심이 됐다.

일요일 오후의 수다는 해도 해도 끝이 없었다. 임신한 뒤로 소변이 자주 마려워서 요실금 패드를 쓰기 시작했다는 이야기로 가볍게 시작해서, 명절 때 시댁에 갔다가 시부모님한테 무슨 일이 있어도 아들을 낳아야 한다는 말을 듣고 올라오는 신칸센에서 에키벤(역에서 파는 도시락 - 옮긴이)에 들어 있는 나무젓가락 비닐 봉투로 저주 인형을 만들었다는 둥, 입덧 때문에 입맛이 바뀌었는지 도데카민(탄산이 든 에너지 음료 - 옮긴이)에 중독되는 바람에 하루 한 병씩 마시지 않으면 마음이 불안해져서 매일 마시다가 의사한테 한 소리 들었음에도 태풍이 온 날 호우 경보도 무시하고 기어코 도데카민을 사겠다고 자판기로 달려갔다는 둥…… 한 사람이 허공에 대고 화두를 던지면 다른 누군가가 용케도 그 끝을 잡아 대화를 이어 가는 것이 숙련된 배구 팀을 보는 것 같았다.

중간에 거무튀튀한 니트를 입은 여자가 라운지 입구에 있는 자판기로 걸어가는 것을 누군가 발견하고는 "어? 리쓰코 씨다!"라고 하자 다 같이 "리쓰코 씨!" 하면서 손을 흔들었다. 그러자 '리쓰코 씨'라는 사람도 손을 흔들었다. 머리를 풀고 평소와는 다른 차림을 하고 있어 알아보지 못했는데 자세히 보니 에어로빅 선생님이었다. 그녀의 성은 알고 있었지만 이름이 리쓰코란 건 오늘 처음 알았다.

보아 하니 단팥 도넛을 가지고 온 '가치코 씨'하고 '기쿠 씨'는 남편들이 한 회사 동료로 같은 사택에 살고, 나머지는 각자 아는 사람들을 데리고 와서 지금의 멤버가 된 것 같았다. 출산 예정일이 가장 나중인 사람은 '호야 씨'고 여름이라고 했다. 칼리 씨는 나랑 같은 5월인데 나보다 살짝 늦어 월말이 예정일이라고 했다.

"아이가 태어나면 외식은 꿈도 못 꾸니까 입원하기 전에 적어도 두 번은 더 고기 먹으러 가야지."

예정일이 다다음 달로 가장 가까운 호소노 씨가 비장하게 말했다. 이 상태에서 배가 더 부른다는 게 상상이 되지 않을 정도로 배는 이미 만삭이었다.

"하! 남편이 얼굴까지 동그래졌대!"

"호소노 씨는 원래 얼굴이 작아서 괜찮아. 그리고 출산하고 나면 원하지 않아도 살이 빠진다고 해야 하나? 암튼 핼쑥해진다니까."

지하루 씨는 네 살 된 딸 쌍둥이가 있었다. 그녀는 나도 가끔 구경은 했으되 한 번도 산 적이 없는, 여우 마크가 시그니처인 브랜드의 맨투맨을 입고 있었다. 지하루 씨는 배

120

가 거의 나오지 않아서 타이트한 스커트를 입고 있었으나, 의자 뒤에 걸어 둔 커다란 백팩에 달린 캐릭터 키홀더에 서 전형적인 아기 엄마스러움이 묻어났다. 베이지색 매니 큐어가 예쁘게 발린 손가락 사이로 스마트폰 불빛이 반짝 였다.

"미안. 먼저 가 볼게. 애들 데리러 체조 교실 가야 돼. 그 전에 저녁 장도 봐야 하고."

"나도 그만 갈래. 오늘 택배 올 게 있거든."

나도. 저도요. 그럼 오늘은 이만 헤어지지, 뭐.

결국 다 집에 가기로 하고 우르르 라운지를 나섰다.

엘리베이터를 기다리는데 CCTV 모니터에 비친, 배가 동그란 일곱 명의 여자들 사이에 선 내 모습이 보였다.

"잘 가."

"다음 주에 또 봐요."

헬스클럽을 나오자마자 전철로 간다면서 호야 씨가 제 일 먼저 갔고 나머지 사람들은 중간까지 같이 가다 헤어 졌다. 지하루 씨는 기노쿠니야(일본의 대형 서점 ‒ 옮긴이) 앞에 서, 호소노 씨는 파출소가 있는 사거리에서 헤어졌고, 칼 리 씨는 본가에 들렀다 간다고 했다. 나와 가치코 씨와 기 쿠 씨는 같은 방향이었다. 날씨가 조금 *끄물끄물*했지만 2

월치고 기분 나쁠 정도로 따뜻한 저녁이었다. 어제까지 내린 비로 여기저기에 생긴 물웅덩이가 홍학의 깃털 색으로 빛났다.

주택가의 보도가 어른 셋이 걷기에는 꽤 좁다는 사실을 이번에 처음 깨달았다. 우리는 한 줄로 서서 가다, 좌우로 갈라서서 가다를 반복했다. 험상궂은 아저씨가 탄 자전거가 기쿠 씨 바로 뒤까지 오자 가치코 씨가 "자전거!" 하고 소리쳤다. 콘크리트 보도 위에서 보니 앞서가는 가치코 씨의 형광 노랑 운동화가 눈에 더 잘 띄었다.

여자들과 밖에서, 그것도 집 근처에서 이렇게 걷는 게 얼마 만이지? 어릴 때는 등하교를 같이하던 친구들도 있었고, 친구와 서로의 집을 오가며 놀거나 자전거를 타고 공원에서 만나서 놀았는데, 크면서는 주로 쇼핑 센터나 극장 같은 데서 만나서 놀았다. 어른이 된 이후로는 남자 친구와 집 근처를 걸은 적은 있어도, 동성끼리 집 근처를 걷는 건 아마도 대학 졸업 후 입사한 회사 동기와 집에서 술을 마시기로 하고 장을 보러 나간 게 마지막인 것 같았다.

"좋으시겠어요. 친구끼리 같은 시기에 임신해서."

앞에서 걸어가는 둘을 향해 말했다.

"네. 그런데 사택에 사는 건 좀 피곤해요. 쓰레기 내놓는 것 하나 갖고도 이러쿵저러쿵 말도 많고 소문도 많아요."

"같은 데 살면서 뒷담화하는 건 너무하지 않아요? 참, 시바타 씨는요?"

"남편은 뭐 하는 분이세요?" 하며 가치코 씨도 거들었다. 나는 순간 걸음을 멈췄다. 그때 때 이른 매미 소리가 들려왔다.

"그냥 평범한 회사원이에요."

둘은 미리 맞춘 듯 "아!" 하고 합창했다. 나는 성큼성큼 걸어서 두 사람에게 바짝 따라붙었다.

"시바타 씨 남편 멋있을 것 같아요. 쿨하고 멋진 사람일 것 같은 이미지예요. 내 맘대로 상상한 거지만요. 연예인 중에서 누구 닮은 사람 없어요?"

"글쎄요. 누가 있으려나?"

"자기 남편은 오히려 더 잘 모를 수도 있어요. 하기야 매일 보면 그럴 수 있죠. 아, 근데 기쿠 씨 남편은 피촌군 닮았잖아."

"아, 가치코 또 그런다."

"피촌군이요?"

"이름만 들어선 잘 모르려나?"

"그게 어디 캐릭터더라? 아! 에어컨 캐릭터 있잖아요.

음, 이거요."

가치코 씨가 스마트폰으로 에어컨 광고 캐릭터의 사진을 찾아서 보여 주는데 마침 헤어질 때가 됐다. 나는 여기서 강을 건너야 하고 둘은 초등학교 근처에 있다는 사택으로 가야 했다.

"전 저쪽이에요."

"그렇구나. 다음 주에 봐요."

손을 흔들며 헤어지고 나서 작은 다리를 건너와 뒤를 돌아봤다. 허리를 살짝 뒤로 젖히고 천천히 걸어가는 둘의 모습이 보였다. 가치코 씨의 형광 노랑 운동화는 여기서도 눈에 잘 띄었다. 대체 어디 있는 건지 매미가 아까보다 더 요란스럽게 울어 댔다.

연립 주택 3층까지 걸어 올라가 현관문을 열고 집 안으로 들어가자마자 거실 바닥에 털썩 주저앉았다. 차가움과 어두움 속에서 반짝이는 방바닥. 변함없는 예의 그 방바닥이 나를 맞아 줬다. 나는 옷도 갈아입지 않고 불도 켜지 않은 채 한동안 그대로 바닥에서 뒹굴뒹굴했다. 그러다 신발장 그림자가 하얀 벽지로 흘러들 무렵 누운 자세 그대로 토트백에서 스마트폰을 꺼냈다. 산모 수첩 앱에 '임신부 에어로빅 50분'이라고 오늘의 운동량을 기록했다.

저녁 설거지를 하는데 라인 알림이 울렸다. 단톡방 초대장이 와 있었다. '예비맘☆에어로빅 멤버'. 알림 화면에서 단톡방 이름만 확인하고 설거지를 마저 했다. 일찌감치 목욕을 하고 스트레칭을 한 다음 영화를 조금 보다가 다시 책을 읽었다. 오늘따라 집중이 잘 되지 않았다. 심술궂은 파도가 투명한 얼굴을 하고 숨어 들어와서는 책을 읽는 족족 머릿속을 말끔히 씻어 냈다. 작정하고 집중해서 읽으려고 하면 영락없이 더 큰 파도가 몰아쳤다. 책을 덮고 콩나물에 물을 주려다 오늘 아침에 준 게 생각나 그만뒀다. 물을 너무 많이 주면 뿌리가 썩는다고 누군가 말했던 게 떠올라서였다.

자정이 다 돼서야 침대에 누워 스마트폰을 집어 들었다. 내일 아침에 일어날 시간에 알람을 맞추고 나서 라인 앱을 켰다. 그룹 창의 프로필 사진에 지하루 씨의 쌍둥이 딸인지 똑같은 노란색 원피스를 입은, 쏙 빼닮은 여자아이 둘이 있었다.

나는 단톡방 초대를 '수락'도 '거절'도 하지 않은 채 스마트폰을 내려놓고 불을 껐다.

겨울색이 차차 퇴색될 무렵부터는 아마존 프라임에서 영화를 고르는 일이 힘들어졌다. 보고 싶은 영화가 없어서 가 아니었다. 보고 싶은 영화는 오히려 많았다.

지난주까지만 해도 거의 매일 하루도 빼놓지 않고 영화를 봤다. 처음에는 개봉 당시 보고 싶었지만 보지 못한 영화나 이름만 대면 알 만한 이른바 명작을 챙겨 보기에 바빴고 그 시간이 나름 즐거웠다. '그랜드 부다페스트 호텔', '초콜릿 도넛', '나의 아저씨', '남극 이야기', '아멜리에' 등 머리에 떠오르는 영화를 쭉 본 다음, '시바타 님의 취향 저격 베스트 콘텐츠'에 뜨는 추천 영화들을 봤다. 스토리는 무궁무진했다. 추운 나라에 가서 식당을 차리기도 하고, 킬러라는 신분과 어울리지 않게 여자아이를 맡아 돌보기도 하고, 부모님이 집을 비운 사이 다이내믹한 일들이 벌어지면서 좌충우돌하기도 했다. 따져 보니 최근 한 달도 안 돼서 꽤 많은 영화들을 봤다.

출근길에 전철에서 읽은 '시네필(전 세계의 영화를 소개하는 웹 매거진 – 옮긴이)이 고른 꼭 봐야 할 영화'라는 제목의 블로그 글에 내가 본 영화들이 꽤 있었다. 어쨌든 영화를 봤다는 사실 자체는 기억이 났다.

그런데 블로그를 보면서 내가 본 영화들의 스토리가 생각나지 않아 적잖이 놀랐다. 최근에 본 건데? 그래서 수첩에 간단하게 감상을 적어 봤는데 이 또한 쉬운 일이 아니다 싶어 얼마 안 돼서 그만둬 버렸다. 그러다 보니 결국 내가 뭘 봤는지도 잘 모르는 지경에 이르렀다. 습관적으로 영화를 보는 사이에 수많은 등장인물들이 나를 스치듯 지나가 버렸다. 분명 몇몇 등장인물들은 행복해졌고 몇몇은 슬픈 결말을 맞았다. 하지만 대부분의 등장인물들은 뇌리에 남지 않고 어디론가 사라졌다.

아마존 프라임이 '오늘은 뭐 볼 거니?' 하고 재촉하는 것 같아서 오늘만은 외면하고 싶었다. 그래서 지금까지 잘 보지 않던 텔레비전을 켜고 공중파 채널을 틀었다. 긴 줄이 늘어선 동네 수제 크로켓 집이나 연예인이 파안대소하면서 퀴즈를 푸는 장면이 어찌나 식상한지 길거리에 떨어진 끈 같았다.

해설자인지 패널인지 알 수 없는 사람이 나와 장황하게 이야기를 늘어놓는 뉴스를 보다가 질려서 텔레비전을 끄고 말았다. 얇은 벽을 타고 옆집 사람들의 대화 소리가 작게 들려왔다. 그러다 라디오 볼륨을 갑자기 확 올린 것처럼 목소리가 커졌다가 이내 다시 조용해졌다. 작은 소리든 큰 소리든 무슨 말인지는 전혀 알아들을 수 없었다.

작년 가을까지 대학생 정도로 보이는 젊은 여자가 옆집에 살았었다. 그 여대생은 다양한 헤어스타일을 잘 하고 다녔다. 뻔한 포니테일도 그녀가 하면 훨씬 더 귀여웠다. 가끔 애인으로 추정되는 남자를 복도에서 마주치곤 했는데, 그때마다 둘은 항상 입을 맞춰 인사했다. 그러던 얼마 전 열쇠로 옆집 문을 여는 사람이 나보다 나이가 좀 많아 보이는, 개미핥기를 닮은 여자란 걸 깨달았다. 어딜 봐도 그 여학생은 분명 아니었다.

나는 영화를 덜 보게 되면서 임신부 에어로빅에 가는 횟수를 늘렸다. 화, 목, 일에 가는 게 보통이었는데, 이번 주는 월요일과 수요일까지 더해 거의 매일 갔다. 정액제 수업이라 횟수 제한이 없는 덕을 톡톡히 봤다.

평일 밤 수업은 인원이 적고 수다를 떠는 사람들도 별로 없어서 집중이 잘 됐다. 스트레칭, 스텝부터 각종 동작까지 아무 생각 없이 몸의 움직임에만 집중할 수 있었다.

"네. 바로 이 근육이에요! 그렇죠! 이 근육! 배에 숨을 가득 채울 때는 이 근육을 써요."

선생님이 낭랑한 목소리로 외치면 배와 다리 근육에 의

식을 집중했다. 거울 속의 나는 누구에게 질세라 팔을 높게 쳐들고 있었다. 운동이 끝나면 탈의실에 가서 땀으로 흠뻑 젖은 운동복을 벗고 물을 마신 다음 산모 수첩 앱에 운동량을 기록하고 집까지 걸어갔다.

반면에 일요일은 분위기가 완전 딴판이었다. 수업이 시작되기 전부터 스튜디오는 온갖 수다로 활기가 넘쳤다. 동작이 과격해지는 후반부가 되면 하나같이 입을 야무지게 꽉 다물고 있다가, 쿨다운을 위한 심호흡이 끝난 후 누군가 "죽는 줄 알았어." 하고 한마디 던지면 마치 기다렸다는 듯 다시 수다가 쏟아져 나왔다. 전혀 모르는 사람들끼리도 "수고하셨습니다!" 정도의 인사를 나눴다. 형광 파랑 티셔츠를 입은 여자만 빼고. 탈의실로 가는 동안에도 쉼없이 수다를 떨고, 중간에 누군가는 꼭 "라운지 갈 거지?"라고 했다.

테이블로 다가가자 칼리 씨가 의자 간격을 좁혀 자리를 만들어 줬다.

"수고했어, 시바타 짱."

지난주에 호소노 씨가 "손 예쁘다, 시바타 짱."이라고 한 이후로 난 여기서 '시바타 짱'으로 통했다. 이런 식으로 불리는 게 얼마 만인지. 호소노 씨가 지하루 씨한테 입원할 때 가져가야 할 리스트에 대해 묻고 있었다. 슬슬 짐을 꾸리는 중인 모양이었다.

"아, 그리고 양말. 병실이 추울 때도 있어서. 슬리퍼만 신고 다니면 발 시리거든. 수면 양말하고 압박 스타킹 같은 것도 있으면 좋아."

오늘도 가치코 씨는 빵을 가져와서 테이블에 펼쳐 놨다. 이번에는 미니 카스텔라였다. 집에서 먹으면 남편이 너무 많이 먹는다고 구박한단다. 가치코 씨는 가늘게 그린 눈썹을 찌푸리며 기분 나쁘다는 듯 투덜댔다. 이마는 여전히 반들반들했다.

"자기도 엄청 먹고 마시면서 말이야. 난 술도 못 마시는데."

"그래도 가치코 씨 남편은 양반이야. 우리 남편은 내 정기 검진에 눈곱만큼도 관심이 없어. 그냥 내버려두면 애가 알아서 태어나는 줄 안다니까. 그래서 이걸 샀지."

호야 씨가 마리메꼬(패턴으로 유명한 핀란드의 생활용품 디자인 브랜드 – 옮긴이) 백팩에서 뭔가를 꺼냈다. 호소노 씨와 이야기를 나누던 지하루 씨가 바로 눈치채고 아는 척을 했다.

"아, 그거 샀구나."

"응. 계속 갖고 싶었거든. 남편한테 들려주려고. 아직은 잘 안 들리지만."

매끈한 핑크색 기계는 청진기와 비슷해 보였다. 아니, 청진기였다.

"그게 뭐예요?"

나도 모르게 질문이 툭 튀어나왔다. 순간 야한 상상을 했다.

"청진기. 시바타 짱 이거 써 본 적 없어? 배 속에 있는 아기 심장 박동 소리 듣는 거야. 좋지? 나도 하나 살까?"

"지하루 씨네는 신랑이 협조적이시니까 사지 그래?"

"그것보다 난 나한테 좋을 것 같아서. 아이 심장 박동 소리 들으면 안심되잖아. 물론 불안한 낌새가 보이면 당연히 병원에 가야겠지만, 한밤중에 들으면 왠지 든든할 것 같아서 샀어. 첫째한테도 들려주고 싶고. 이게 네 남동생 심장 소리란다, 하고."

"여기서도 괜찮으면 한번 써 볼래?"

"그래도 돼?"

지하루 씨는 청진기를 받아 들고 스웨터를 홀러덩 걷어 배에 갖다 댔다. 옆 테이블에 있던 아저씨들이 이쪽을 보고 있었지만 전혀 개의치 않았다.

"들려?"

"잠깐만. 아, 들려. 들려."

이 소리를 들은 다른 여자들이 서로 해 보겠다며 난리가 났다. 먼저 해 본 가치코 씨가 "아무것도 안 들려."라고 하자 지하루 씨가 "더 아래!" 하며 배를 짚어 보였다. 나머지 사람들은 순서를 기다리면서 예비 부모 교실 이야기를 했다. 칼리 씨가 남편이랑 같이 임신부 체험 교실에 갔는데 남편이 까불다가 다른 임신부한테 실수를 해서 너무 속상했다는 하소연을 하고 있을 때쯤 청진기가 이쪽으로 넘어왔다. 호소노 씨가 "나 해 보고 싶어." 하며 얇은 연파랑 스웨터를 시원하게 걷어 젖혔다. 의심할 여지없이 동그랗게 부른 만삭의 배가 드러났다.

"웅- 하는 소리, 이거 맞나?"

"아니. 들으면 딱 심장 소리인지 알아."

"정말? 그럼 아닌가? 미안. 시바타 짱 좀 도와줘."

양손을 귀에 갖다 대고 듣고 싶은지 호소노 씨가 내 손에 청진기를 쥐어 줬다. 어디에 대야 할지 몰라 몇 군데 짚어 봤다. 내 손을 잡았던 호소노 씨의 손은 차가웠지만 청진기 아래 동그랗게 튀어나온 배는 놀라울 만큼 열을 뿜어내고 있었다.

"아, 들린다!"

그녀가 신기해하며 한마디 내뱉는 순간 내 오른손이 호소노 씨 배에 살짝 닿았다. 바로 손을 뗐지만 믿기지 않을 정도로 뜨겁고 매끈한 감촉이 손에 남았다. 정직한 무언가가 살고 있다는 강렬한 느낌에 등골이 움찔했다.

　"진짜 들려. 어른보다 빠르다. 시바타 짱도 해 봐."

　스웨터를 내리면서 청진기를 내미는 호소노 씨를 향해 "난 오늘은 됐어."라고 말하며 작은 소리로 거절했다.

　다음 날 월요일 아침에 출근하자마자 과장님이 불러서 갔더니 지난주에 공장에 도착한 원지에 문제가 생겼다고 했다. 바로 원지 발주처에 연락해서 확인해 보니 그쪽 실수가 명백했다. 서둘러 재납품 의뢰를 하고 전화를 끊었다. 히가시나카노 씨가 걱정스러운 눈으로 내 쪽을 보고 있었다. 오늘도 어김없이 물풀 냄새가 났다.

　"시바타 씨 괜찮아요?"

　"뭐가요?"

　"아, 죄송해요. 원료 건도 힘들어 보이고 오늘은 안색도 안 좋아 보여서요."

　"괜찮아요. 신경 쓰지 마세요."

　아무 일도 없었다. 아무 일도 없어서 나는 끊임없이 지관을 만들어 내고 있었다. 세상에 이렇게나 많은 지관이 필요할까 싶었지만, 발주가 있는 한 속이 텅 빈 심에 리본을 말아 지관을 제작하는 일은 계속됐다. 다른 일을 처리하려는데 좀 전의 발주처에서 전화가 걸려 왔다. 재고가 없어서 납품까지 시간이 꽤 걸릴 것이라고 했다. 나는 애꿎은 스페이스키만 계속 눌러 댔다.

전화를 끊었음에도 여전히 나에게서 눈을 떼지 못하는 히가시나카노 씨를 날카롭게 노려봤다. 히가시나카노 씨는 연신 죄송하다는 말을 반복하고 나서야 앞을 똑바로 보고 앉았다.

임신 29주 차

3월인데 오후부터 대설 예보가 있었다. 간토 지방(일본의 수도권 − 옮긴이) 일대에 내일 새벽까지 눈이 내린다고 했다.

아, 빨리 집에 가고 싶다.

그쪽 전철은 괜찮을 것 같아요?

부럽네요. 우리 회사는 평소랑 똑같아요.

다들 눈 걱정을 하는 통에 분위기가 어수선했다. 자리에서도, 복도에서도, 거래처 통화에서도 화제는 오로지 눈이었다. 실은 별로 걱정하지도 않으면서……. 프릭션(파일럿사의 지워지는 펜 시리즈명 - 옮긴이) 심을 사러 갔는데 문구점 주인도 "눈 와요?" 하고 묻기에 그 자리에서 주인과 함께 창밖을 내다보며 대답했다.

"아직 안 오는 거 아니에요?"

오후가 되면서 조금씩 눈발이 날리기 시작했다. 오후 세시가 되자 총무과에서 업무가 끝난 사람은 조기 퇴근하라는 전체 메일을 보내왔다. 앞자리의 선배는 메일을 보자마자 퇴근 준비를 했다.

"시바타, 빨리 가. 오늘 같은 날은 전철 붐비면 힘들잖아."

"감사해요. 이거 끝나면 갈게요."

"그래. 얼른 하고 가."

선배는 버건디 색 코트를 입고 퇴근했다. 벨루어(실크나 면직물을 벨벳처럼 만든 것 - 옮긴이)인가? 디자인은 잘 모르겠지만 광택은 좋네.

먼저 들어가 보겠습니다, 다들 조심하세요, 지금 전철 난리래 등등의 말이 오가다 어느새 조용해졌다. 한 시간도 안돼 회사에는 절반의 직원만이 남았다. 인터넷으로 전철 운행 정보를 보면서 한숨을 짓는 사람도 있고, "전철이 안 다니네." 하며 들으라는 듯 제법 큰 소리로 혼잣말을 하더니 편의점에서 고기만두와 어묵을 사 온 사람도 있었다.

옆자리의 히가시나카노 씨는 입을 꾹 다물고 등에 자라도 대고 있는 건가 싶게 꼿꼿이 앉아 컴퓨터로 뭔가를 열심히 하고 있었다. 계절에 어울리지 않는, 유채꽃을 연상시키는 강렬한 노란색 셔츠가 사람이 별로 없는 사무실에서 유난히 눈에 띄었다. 본인이 고른 건가?

일을 대충 마무리 지은 다음 복사만 하고 퇴근하려고 복사기가 있는 쪽으로 걸어가다가 무심코 창밖을 봤다. 하늘은 먹색을 옅게 여러 겹 바른 듯 묵직한 잿빛으로 변해 있었고, 어둑어둑한 공간에서 소리 없이 눈이 쏟아졌다. 밖이 어두워서인지 옆 건물의 사무실이 훤히 들여다보였다. 천장까지 닿는 인더스트리얼 디자인의 철제 선반 앞에서 키 작은 남자 하나가 사무용 파일을 꺼내 조금씩 위치를 바꾸고 있었다. 이편에서는 파일 표지가 다 똑같아 보였으므로 내가 모르는 게임이라도 하는 건가 싶었다.

"쌓이겠지?"

옆 복사기에서 복사 중이던 다른 부서 남직원이 말했다.

"전철이 끊길 것 같아요. 빨리 가야겠어요."

"시바타 씨, 히가시나카노 씨 옆자리 힘들지 않아?"

남직원이 갑자기 내 귓가에 대고 속삭이는 바람에 반사적으로 양손으로 배를 감쌌다.

"그렇게 생각해 본 적 없는데요?"

"그럼 다행인데, 그 사람 좀 이상해. 얼마 전에 엘리베이터를 같이 탔는데 말이야. 그 사람 컴퓨터가 벽에 쿵 하고 닿은 거야. 그래서 내가 그쪽을 살짝 쳐다봤지. 그랬더니 그 사람이 어떻게 했는지 알아? '시끄럽게 해서 죄송합니다!'라고 큰 소리로 몇 번이나 사과를 하는 거야. 근데 내가 아무 말도 하지 않고 가만히 있으니까 그다음에는 작게 중얼중얼하면서 또 뭐라고 하는 거야. 다른 직원들도 완전 이상하게 쳐다봤다니까. 무슨 병 아니야?"

남직원은 할 말이 더 있는 눈치였지만 다행히 복사가 끝났다. 나는 내 자리로 돌아와 퇴근 준비를 했다.

"먼저 들어갈게요. 히가시나카노 씨도 조심해서 들어가세요."

"감사해요. 이것만 완성하면 저도 퇴근하려고요. 자료 만드는 중이에요. 아침에 과장님이 오늘 중으로 꼭 필요하다고 하셨거든요."

히가시나카노 씨는 과장님 자리에 있는 서류 상자를 가

리키며 가볍게 고개를 끄덕였다. 히가시나카노 씨의 말대로 자료는 오늘 내로 과장님의 책상 위에 올려질 것이었다. 다만 과장님은 일찌감치 퇴근하고 자리에 없었다.

전철 승강장에 가서 보니 편수가 줄기는 했지만 걱정했던 것만큼은 아니었다. 전철은 평소와 크게 다르지 않은 수준에서 운행되고 있었다. 중간에 열차가 멈춰 서는 일도 거의 없었다. 사람도 평소보다 조금 더 많았다. 굳이 다른 점을 찾자면 승객들 표정에 전철이 부디 중간에 멈추지 말고 잘 가 주기를 바라는 바람이 묻어났다는 정도? 중간에 어떤 사람의 짐이 문에 껴서 주변 사람들의 도움을 받아 빼내는 해프닝이 있긴 했다.

가다가 자리가 나서 앉았다. 좌석 아래서 뜨거운 바람이 후끈후끈하게 나와 몸이 싹 풀리는 느낌이 들었다. "쿵쿵쿵쿵쿵쿵쿵, 열차를 타고 북쪽으로 향했더니 북극여우들의 왕국에 도착했어요." 유치원 때 좋아했던 그림책에 등장하는 서커스단은 열차를 타고 전 세계를 누볐었다. 설국, 사막의 왕국, 숲속, 소인국까지. 때론 열차가 아닌 배나 낙타를 이용하기도 했다. 그러고는 밤이 되면 텐트를 치고 해먹을 달아 다 함께 잠을 청했다.

우리 동네 전철역은 고가역이었다. 승강장에서 내려다

보이는 역 앞길이 창백한 낮빛을 뿌옇게 드러내고 있었다. 마치 처음 와 보는 거리처럼 생소했다. 새하얀 눈이 가로등 아래에 가늘게 이어진 누군가의 발자국을 끊임없이 지우고 있었다.

슈퍼에 들렀더니 신선식품과 통조림 코너가 대부분 비어 있었다. 전철에서 생각해 뒀던 저녁 메뉴를 포기하고 집에 있는 걸로 대충 만들어 먹어야겠다고 마음먹은 순간, 텅 빈 쇼핑 바구니를 출구 정반대 쪽까지 다시 갖다 놓는 게 너무 귀찮아졌다. 그래서 지금까지 단 한 번도 살 생각을 해 본 적이 없는 비싼 그릭 요거트를 덥석 집어 바구니에 담았다. 만들어 놨던 수프를 먹고 나서 그릭 요거트를 먹어 봤다. 특별히 맛있진 않았지만 그렇다고 막 맛없는 것도 아닌 맛이었다.

녹슨 새시 틈새로 찬 공기가 새어 들어와 손발이 찼다. 욕실 공기가 차가워서인지 머리를 감고 나서 욕조에 받아 놓은 물에 바로 들어갔음에도 그새 물이 식어 있었다. 내가 사는 연립 주택에는 욕조 물을 다시 데우는 기능이 없었다. 하는 수 없이 샤워기로 뜨거운 물을 뿌려 가며 몸이 따뜻해지기를 기다렸다.

밤은 길었다. 잠옷으로 갈아입고 머리까지 다 말렸는데 밤 아홉 시가 채 되지 않았다. 텔레비전은 온통 눈 소식뿐이었다. 약속이나 한 듯 거의 모든 채널에서 곳곳의 전철이 멈췄다는 소식과 시부야의 혼잡한 승강장 풍경과 역 앞에서 택시를 기다리는 사람들의 행렬을 담은 영상이 반복됐다. 눈사태가 발생한 곳도 있었다.

"불필요한 외출을 삼가시기 바랍니다."

그다지 따뜻해 보이지 않는 코트를 입은 여자 리포터가 했던 말을 또 하는 걸 보고는 텔레비전을 꺼 버렸다.

SNS도 온통 눈 이야기였다. 창밖으로 보이는 눈 풍경, 전철 운행 정보, 아이들이 만든 눈사람 사진……. 남의 SNS를 보는 일은 금세 질렸다. 그래서 새로 살 세탁기 모델이며 친구와 가려고 했던 연극같이 평소 궁금했던 내용을 인터넷으로 찾아보려 했지만 이마저도 여의치 않았다. 인터넷은 어지간한 건 찾으면 금방 나오면서도 정작 꼭 필요한 건 잘 없었다. 사실 있는지 없는지도 확실치 않았다.

서리가 낀 창문을 손바닥으로 문지르자 바깥 풍경이 보였다. 눈발은 제법 거세져 있었다. 달도 별도 보이지 않는 시커먼 하늘에서 끊임없이 눈이 뿜어져 나왔다. 눈은 어떤 요구나 주저함 없이 도로로, 건물로, 마당으로, 고가로 묵묵히 세차게 흩날렸다. 눈송이 하나가 땅에 떨어질 때까지 따라가 보려고 눈을 부릅떴지만, 여릿여릿 흩날리는 무수한 눈송이들 때문에 놓치고 말았다. 강 건너는 오렌지색과 옅은 황혼의 빛으로 물들어 있었다. 집 바로 앞에 있는 아파트의 끄트머리 방에서 누군가 커튼을 쳤다.

순간 공평하다는 생각이 들었다.

모두가 눈 때문에 집에 있었다. 물론 여태 업무 중이거나 귀가 중인 사람도 있을 테고, 타이밍 좋게 해외여행을 떠난 사람도 있겠지만, 대부분은 이 순간 집에 있을 것이었다. 의도하지 않았고 예상하지 못했지만 거의 모든 사람이 똑같이 집에 있을 것이었다. 설날이나 오봉처럼 한꺼번에 쉬는 명절도 있지만, 명절에는 각자 사전에 계획한 대로 놀러 가거나 고향에 가서 시간을 보냈다. 사람에 따라서는 내가 상상조차 한 적 없는 방식으로 돈과 수고를 들여 휴일을 보내기도 했다. 그러나 오늘 밤은 달랐다. 예상치 못한 폭설로 뜻하지 않게 모두가 홀로 혹은 누군가와 같이 집에 틀어박혀 식사를 하거나 텔레비전을 보고 있었다.

내 방을 둘러봤다. 3.5평의 작은 방. 겨울 내내 밖에 나와 있는 그레이 색 더블 코트의 주머니 바깥으로 트위드 장갑이 삐져나와 있었다. 대학교 때 사귄 남자 친구한테 받은 것이었다. 대학교 세미나 수업(대학 2~3학년 때 시작해 졸업 논문을 쓸 때까지 한 교수 밑에서 지도를 받는 교육 프로그램 - 옮긴이)을 같이 들은 동기로, 둘 다 같은 해에 취직했고 그해 여름에 헤어졌다. 선물 받은 걸 아무렇지도 않게 계속 쓰고 있는 걸 보면 감정이 전혀 남아 있지 않은 게 분명했다. 아마 길거리나 전철역에서 스쳐 지나가도 알아보지 못하지 않을까. 이후에 사귄 사람들도, 전 직장에서 담당했던 파견 사원들도, 거래처 사람들도, 대학 동아리 동기들도, 함께 교환 일기를 썼던 반 친구들도…….

이 눈 속에서 그들은 지금 뭘 하고 있을까? 어렵게 잡은 택시 안에서 몸을 떨고 있으려나? 아니면 저녁을 해 놓고 누군가를 기다리고 있을까? 창밖을 보며 "눈 진짜 많이 온다." 하면서 코코아를 마시고 있으려나? 누군가와 가족이 된다는 것은 어쩌면 서로를 담보로 해서 상대방을 잊지 않게 할 환경을 만드는 것일지도 몰랐다. 설사 당사자들이 인식하지 못하더라도 말이다.

커튼을 쳤다. 그러고 나서 1인용 소파의 팔걸이에 머리를 대고 몸을 억지로 꾸겨 넣었다. 옆에 둔 스마트폰 화면에 불이 들어왔다. 최근 전혀 쓰지 않는 인터넷 쇼핑몰에서 온 메일용 웹진이었다. 메일을 삭제하려고 스마트폰을 열자 산모 수첩 앱에 자동으로 접속되면서 임신 주 차별 태아 상태 페이지가 떴다.

'임신 29주 차, 이 주의 아기 크기는 땅콩 호박'.

땅콩 호박? 갑자기 큰 소리를 내서인지 삑사리가 났다.

이 앱을 만든 사람은 땅콩 호박을 자주 먹나? 나는 땅콩 호박 자체를 먹지 않을뿐더러 사 본 적도 없었다. 그럴싸한 채소 가게나 세이조 이시이(일본의 고급 슈퍼마켓 체인 - 옮긴이) 같은 고급 슈퍼 같은 데라면 몰라도 땅콩 호박이 어디 흔한 채소인가? 내가 전문가는 아닐지언정, 배 속에 있는 아기 크기를 채소나 과일의 크기로 표현해서 이해하기 쉽게 하려는 게 본래의 취지라면 2, 30대 임신부와 그 배우자가 흔히 볼 수 있는 채소를 예로 드는 게 맞을 것 같은데. 인터넷으로 찾아보니 땅콩 호박은 포타주(걸쭉한 수프 - 옮긴이)에 잘 어울리는 채소라고 나와 있었다. 아니, 다들 평소에 땅콩 호박으로 포타주를 자주 해 먹나? 세상에나, 땅콩 호박이라니! 그냥 땅콩이나 단호박이라면 또 몰라!

하기야 땅콩 호박이라는 단어를 보고 안심하는 사람도 있기는 할 터였다. 땅콩 호박이란 채소가 어떤 건지 알든 모르든 간에, 배 속에 있는 땅콩 호박만 한 아기를 상상하면서 안심하는 사람이 적어도 한 명은 있겠지.

문득 나도 담보를 하나 만들어야겠다고 생각했다. 다른 사람들 눈에 띄지 않을 지극히 개인적인 거짓말 같은 것이라도 상관없었다. 담보를 지키고, 또 이 담보를 지키는 나를 스스로가 지켜 낼 수 있다면 오늘처럼 폭설이 내리는 날 밤이 조금은 바뀔지도 몰랐다. 설사 별거 아닌 변화일지라도. 앱에 오늘 먹은 식사와 운동량을 입력하자 찬송가 같은 멜로디가 흘러나왔다.

그렇게 3월의 눈은 공평하게 내려와 쌓여 갔다.

임신 30주 차

대체 어디서 온 건지 봄은 독특한 연기를 몰고 찾아왔다. 전철 창밖으로 보이는 눈부신 세상에도, 처마 밑을 정글로 착각한 듯 울창하게 자란 관엽 식물에도, 하얀 운동화에도 봄이 왔다.

호소노 씨의 출산 소식은 급작스러웠다. 아마 호소노 씨 본인도 당황했을 것이다.

"월요일에 태어났다나 봐. 예정보다 3주나 빨랐대."

"아기가 되게 빨리 나왔네."

"근데 예정일보다 빨리 낳는 사람들이 의외로 많대. 예정일 맞춰서 낳는 사람이 오히려 드물다던데."

기쿠 씨가 호소노 씨가 보내 준 아기 사진을 내밀었다. 다들 입을 모아 연신 예쁘다는 말을 했다. 그러다 금세 하던 이야기로 다시 돌아왔다. 하기야 여기 있는 여자들은 6개월 이내에 호소노 씨와 같은 경험을 할 사람들이었다. 아무리 예쁘다고 말로 한들 애가 그냥 나오진 않을 터였다.

"우리 남편은 진통이 시작되면 정신이 반은 나가 버릴걸?"

가치코 씨가 우울해하며 말하자 기쿠 씨가 받아쳤다.

"우리 남편도 그럴 거야. 틀림없어. 아기 낳을 때 갈 수 있으면 당연히 가지만 회사 일이 어떻게 될지 모르겠다고 벌써부터 연막을 친다니까."

"우리 남편은 첫애 때 혼자서 정신을 못 차려 가지고 조산사가 방해된다고 비키라고 했어."

지하루 씨가 원피스 자락에 붙은 먼지를 털면서 한숨을 쉬었다. 지하루 씨는 언제부턴가 타이트한 스커트 대신 품이 넉넉한 옷을 입는 날이 많아졌다. 그래도 멋 내는 데는 한 치의 흐트러짐이 없었다. 오늘은 사이(일본의 고가 패션 브랜

ㄷ − 옮긴이) 옷을 입었다.

"그럼 다음은 시바타 짱. 자기네는 어때?"

가치코 씨가 가져온 벚꽃소(소금에 절인 벚꽃과 잎을 흰팥에 섞어 만든 소 − 옮긴이)가 든 도넛을 건네며 물었다.

"음, 나을 수만 있으면 당장이라도 쑥 낳고 싶지."

올해 벚꽃은 3월 마지막 주가 절정이라고 했다.

지난주부터 에어로빅에 나가는 횟수를 줄였다. 이참에 아마존 프라임을 해지하고 그 시간에 치과에 다니기로 했다. 출산하고 나면 당분간은 치과에 다니지 못하니 그전에 부지런히 다니라고 지하루 씨가 알려 줬기 때문이다. 옛날부터 치아 건강 하나만큼은 자신 있었지만 임신하면 호르몬 불균형이 심해져 충치가 잘 생긴다는 말을 들었다. 치과 의사가 입안을 꼼꼼히 살펴보더니 "당분간 정기적으로 오실 수 있어요?" 하고 물었다. 그래서 스케일링도 하고 주기적인 점검도 할 겸 매주 치과에 다니게 됐다.

"이제 얼마 안 남았나 보네."

환자 대기실에 있던 나이 지긋한 아주머니가 나를 보더니 말했다. 흰머리가 멋있었다. 오늘 아침에 새로 피어난 수선화 같은 아름다운 흰색이었다.

"아, 그거 메루카리죠?"

아주머니는 내 스마트폰 화면이 보였는지 반색하며 말했다.

"네. 애기 옷 좀 보느라고요. 어차피 새거 사 봐야 금방 더러워지잖아요. 오래 입지도 못하고."

"맞아. 금방 더러워져요. 아기들이 다 그렇지 뭐."

진료실 안쪽에서 의사가 부르는 소리가 들렸다. 아주머니 순서인 모양이었다.

"난 오늘이 치료 마지막 날이에요. 하는 김에 돈 좀 써서 엄청 좋은 걸로 했어요. 누가 뭐라 하든 이 하나만큼은 귀족이야. 행복한 두 사람을 만나 반가웠어요."

어디서 샀을까? 매우 고풍스러우면서도 어딘지 모르게 미래적인 느낌이 드는, 우아하고 아름다운 민트 그린 색 투피스를 입은 아주머니는 가볍게 인사를 건넸다. 그러고 나서 매직으로 '원내용'이라고 적힌 슬리퍼를 신고, 마치 오랫동안 신어 온 발레 슈즈를 착용한 듯 경쾌한 발놀림으로 진료실에 들어갔다.

이 하나만큼은 귀족이다, 이 하나만큼은 귀족이다······ 이 말이 귓가를 맴돌며 떠나지 않았다. 소파 안쪽에 있는 수조 속 금붕어와 눈이 마주쳤다. 아니, 그런 것 같았다. 이 하나만큼은 귀족이다. 나는 한 번 더 되새겼다. 물속에서 춤추는 선명한 빨간색 수초 끄트머리로 금붕어가 숨으려 했다. 나는 무릎걸음으로 수조 가까이 갔다. 그러면서 또다시 되뇌었다. 이 하나만큼은 귀족이다.

메루카리 앱을 닫고 산모 수첩 앱을 열어 30주 차 아기에 대한 설명을 봤다. 머리카락과 손톱이 잘 자라는 시기라고 했다. 아직 지방은 별로 없다고 하니 아마도 사진에서 보는 갓 태어난 신생아보다 조금 홀쭉할 것이었다. 온몸에 났던 솜털이 빠지면 피부가 돌고래마냥 매끌매끌하지 않을까. 아기의 모습을 하나하나 말로 표현해 보며 눈과 귀에 새기고 따로 메모도 했다. 내친김에 금붕어에게도 들려줬다.

"시바타 씨."

이번엔 내 차례였다. 지난번 윗니에 이어 오늘은 아랫니 치석을 제거하기로 했다. 희한하게도 방금 전에 대화를 나눈 백발의 아주머니와 대기실이나 진찰실 복도에서 다시 부딪히지 않았다.

나는 옛날부터 어두워지면 잠이 왔다. 아주 컴컴할 필요
도 없었다. 평소보다 조금만 어두우면 됐다. 초등학교 때
운동장에서 조례나 체육 수업을 마치고 교실로 돌아와 신
발장에서 실내화로 갈아 신을라치면 눈앞이 캄캄해지며
비틀거리곤 했다.

"시바타 씨, 괜찮아요?"

정신을 차리고 보면 실내화도 멀쩡히 잘 갈아 신고, 교실
에 들어가서 다음 수업 준비도 잘 하고, 옷도 잘 갈아입었
는데…… 실은 그건 꿈이고 아직도 초등학교 신발장에서
잠들어 있는 건 아닐까?

"시바타 씨, 이쪽이에요."

아, 다 들린다니까요, 하듯 히가시나카노 씨를 향해 레이
저를 한번 쏴 주려고 봤더니 히가시나카노 씨는 온데간데
없고 애먼 기술부 담당자가 있었다.

"힘들어 보이는데 괜찮아? 좀 쉴까? 다음이 마지막이긴
한데. 들어갈 거면 안에 기계 있으니까 발 조심하고."

"죄송합니다." 하며 앞을 보니 히가시나카노 씨가 비닐
커튼 앞에 서 있었다. 머리 크기보다 훨씬 큰 견학용 헬멧

에, 또 얼굴 크기보다 훨씬 큰 종이 가루 방지용 마스크를 쓴 히가시나카노 씨가 다리를 떨면서 안을 들여다보고 있었다. 히가시나카노 씨는 어울리지 않게 낮은 목소리로 흥분된 듯 속삭였다.

"시바타 씨, 이 방이에요."

"알아요."

"대단하다. 진짜 돌고 있어요."

'그것도 알아요.'

나는 속으로 중얼거렸다.

아침에 출근했더니 영업부 담당자와 히가시나카노 씨가 언쟁을 벌이고 있었다. 내용인즉슨, 최근 히가시나카노 씨가 담당하게 된 필름용 지관의 강도에 문제가 있었는지 거래처 공장에서 필름을 마는 과정에서 일부가 찌그러졌다는 것이다. 젊은 영업 담당자가 "이거 어떻게 하실 거예요?" 하며 씩씩거렸다. 히가시나카노 씨는 평소답지 않게, 공장에 보내기 전에 사양 지시서를 미리 보여 줬는데 그때는 왜 아무 말도 안 했냐며 물러서지 않았다. 보다 못한 과장님이 둘이 같이 공장에 가서 현장 담당자와 상의하고 대책을 세우라고 했다. 그리고 무슨 영문인지는 모르나 그 자리에 나도 동행하라는 지시가 떨어졌다. 아, 귀찮게…….

공장에 도착할 때까지 영업 담당자와 히가시나카노 씨는 단 한마디도 하지 않았다. 혼잡한 전철에서 히가시나카노 씨가 넘어질 뻔하다가 실수로 영업 담당자의 발을 밟았는데, 영업 담당자는 보란 듯이 일부러 히가시나카노 씨의 발을 밟았다. 이쯤 되니 나까지 불쾌해지기 시작했다. 그나마 공장이 교외에 있어 창밖으로 커다란 강과 계단식 밭을 볼 수 있어서 좀 괜찮았다.

현장에 와 보니 영업 담당자의 사양 지시는 물론 히가시나카노 씨의 일 처리에도 문제가 있었다. 영업 담당자는 망연자실한 얼굴로 기술부 담당자에게 내일모레까지 재납품이 가능하도록 부탁한다는 당부의 말을 남겼다. 그러고는 "약속이 있어서요."라는 한마디와 함께 그길로 가 버렸다. 히가시나카노 씨는 기술부 담당자가 그만하라고 할 때까지 고개를 들지 못하고 사과를 거듭했다. 기술부 담당자는 세세한 사양과 스케줄을 확인하고 이야기가 어느 정도 마무리되자 우리에게 공장 견학을 제안했다. 가끔 가다 한 번씩 공상을 가지만 이렇게 여유롭게 둘러보는 건 오랜만이었다. 히가시나카노 씨는 언제 그랬냐는 듯 기분이 좋아져서는 견학용 점퍼, 마스크, 헬멧을 받아 얼른 입고 쓰고 하더니만 신이 나서 점퍼 주머니에 양손을 넣고 펄럭댔다.

현장은 오늘도 나른해 보였다. 초등학교 체육관처럼 생긴 건물에서 물이 빠져 색이 조금씩 다른 녹색 작업복을 입은 직원 열 명 정도가 모형처럼 묵묵히 일을 하고 있었다. 벽에는 '보고, 연락, 상담'이라고 큼지막하게 인쇄된 종이와, 역과 공장 사이를 운행하는 셔틀버스 시간표가 붙어 있었다.

입구 근처의 기계를 관심 있게 들여다보는 히가시나카노 씨를 두고, 바닥에 널브러진 공구 상자와 문턱을 넘어 공장으로 들어갔다. 안에서는 리본처럼 가늘고 길게 재단된 원지를 제통기에 세팅해 각도를 조정하는 작업이 한창이었다. 기계는 군데군데 칠이 벗겨지고 부속이 복잡하게 얽힌 구석마다 먼지가 얇게 쌓여 있었다. 끄트머리의 리본을 만져 봤다. 갈색 리본은 힘이 없어서 손가락으로 살짝 누르니 쑥 들어갔다. 긁는 듯한 날카로운 기계음에 끼익하고 그네가 삐걱거리는 듯한 소리가 더해졌다.

"시작합니다."

기술부 담당자가 손을 내저으며 "조금 떨어지세요." 하고 외쳤다. 작업하던 남자 둘이 서로 손짓하며 뭐라 뭐라 하자 낮은 진동음이 울렸다.

리본이 보이지 않는 거대한 손에 이끌리듯 미세하게 진동하면서 천천히 말리기 시작했다. 알록달록하게 색이 칠해지거나 기계 위에서 리드미컬하게 파도를 치는 일은 없었다. 그저 쓱쓱 풀이 발려 몇 개의 롤러를 통과한 다음 맨드릴이라 불리는 철심 위에서 나선형으로 말렸다. 그다음은 이 과정의 반복이었다. 원지가 끊임없이 들어와 롤러를 통과해서 철심으로 보내졌다. 자그마한 천장으로 난 창문을 통해 들어오는 한 줄기 빛을 끊임없이 통과하는 리본은 마치 영사기에서 흘러나오는 필름 같았다. 다만 아름다운 드라마나 눈이 휘둥그레지는 액션을 보여 주지 않고 안으로 빨려 들어가 말릴 뿐이었다.

참 단순했다. 학창 시절에 공장 견학을 갈 때면 일명 '버그'라는 것부터 찾았다. 하나만 모양이 다른 안전벨트, 단면이 깔끔하지 않은 제본 같은 거대한 시스템의 옥의 티를, 예상하지 못한 곳에 느닷없이 균열이 생기는 순간을 발견해 내는 게 통쾌했다. 그런데 이 커다란 공장에 있는 기계들은 새것인 데다 돈이며 사람들의 품이 많이 들어가서인지 쉽게 틈을 내주지 않았다.

솔직히 말하면 제관 현장에서는 오류를 찾아낼 여유가 없었다. 가늘고 긴 종이가 철심으로 하염없이 보내지고 말리는 게 다였다. 결국 만들어지는 건 속이 텅 빈 심이었고, 정전으로 기계가 멈추지 않는 한 딱히 이탈이라고 부를 만한 경우가 발생할 리 만무했다. 일련의 작업 공정이 지극히 평범하게 진행되는 모습은 아무런 감흥을 주지 못했다. 그러니 연수차 함께 견학을 왔던 동료들이 지루해했던 것도 무리는 아니었다.

하지만 이건 마치 주문(呪文) 같았다. 리본은 무턱대고 달렸다. 자동으로 말리도록 설정돼 있었지만 리본은 분명히 달리고 있었다. 무리해서 만지려고 하면 그 손가락을 잘라버리겠다는 기세가 등등했다. 리본이 끝까지 달려갔다 빠지면 잠시 숨을 고를 새도 없이 다음 리본을 끌어와 리본 층을 만들었다. 여기에는 마법이라 형용할 만큼의 임팩트는 없었다. 감탄을 자아낼 만한 최신 기술도 없었다. 하지만 주문이라고 할 만큼의 굳은 집념과 절실함이 있었다. 말이 말을 불러와 거창하진 않지만 엄숙하고 신앙심 깊은 스토리를 만들어 내는 것 같았다. 심 속이 텅 비어 다행이었다. 거기에 스토리를 채울 수 있으니까. 주문 한 줄이 어두운 작업실을 가로질렀다.

다 말린 리본이 철심에서 빠지면 차례대로 재단돼 용도에 따라 금속 깍지가 끼워지기도 하고 전용 뚜껑이나 바닥이 붙기도 했다. 작은 것은 랩의 심이나 차 용기 등 패키지 재료가 되고 큰 것은 공업용 자재가 됐다. 세상에는 정말 많은 지관이 필요해 보였다. 그래서 이렇게나 많은 리본들이 나른한 공기로 가득한 공장에서 열심히 달리고 있었나 보다.

견학용 점퍼를 반납하고 공장을 나왔다. 빛과 소리가 공기 알맹이 하나하나에 충만했다. 히가시나카노 씨는 통화 중이었다. 공장에서 역까지 거리가 꽤 돼서 올 때 타고 온 회사 셔틀버스가 없으면 택시를 부르는 수밖에 없었다. 공장 앞 벤치에 앉으니 흙냄새가 올라왔다. 나는 맹렬하게 열을 빨아들이는 검은색 재킷을 벗고 원피스의 소매를 걷어붙였다. 넓은 길 너머에 있는 밭에서 머리와 얼굴을 꽁꽁 동여맨 아주머니가 뭔가를 심고 있었다.

"공장 보니까 좋네요."

전화를 마치고 온 히가시나카노 씨가 중얼거리듯 말했다.

"그러게요."

내가 야채주스를 마시면서 대답했다. 이 공장은 주스 팩도 만든다고 했다.

공장 견학이 끝나자 기술부 담당자가 최근에 상품화된

새로운 지관의 종류와 특수 지관의 비용에 대해 설명해 준 다음 산더미 같은 샘플을 선물로 줬다. 그러고는 "본사에 계신 다른 분들도 더 많이 현장에 오시라고 말씀 좀 꼭 전해 주세요." 하며 악수를 청했다.

"시바타 씨, 통로도 좁고 계단이 많아서 힘드셨죠? 예정일이 5월이라 하셨나요? 그럼 정기 검진 횟수도 늘어나는 시기 아닌가요?"

"맞아요. 히가시나카노 씨는 임신 출산에 대해 많이 아시나 봐요."

순간 히가시나카노 씨의 안경이 반짝였다. 요즘 보기 드문 팽팽 도는 두꺼운 안경이었다.

"저희 부부가 아이가 안 생겨서요. 아내랑 임신과 출산에 대해서 알아보고 있었거든요. 아이는 어떻게 태어날까, 또 아이가 태어나면 얼마나 행복할까, 하면서요."

순간 너무 놀라 "결혼하셨어요?"와 같은 말도 나오지 않았다. 놀라움은 전혀 다른 빛깔로 요란하게 반사됐다.

"부러웠어요. 물론 몸은 힘드시겠지만. 그리고…… 혼자라고 들어서……. 아, 이런 말은 실례겠죠? 죄송해요. 아내랑 가끔 시바타 씨 얘기하거든요. 아이를 혼자서 낳는 거라 여러 가지로 힘든 게 많을 텐데 항상 똑 부러진다고요.

저희는 몇 년 전에 아이를 포기하기로 했어요. 그러고 나니까 마음은 편해졌는데, 그래도 부러운 건 어쩔 수 없더라고요."

히가시나카노 씨가 이야기를 이어 갔다. 불임 치료가 비싸서 놀랐던 일, 검사를 받고 투약을 해야 하는 아내가 너무 힘들어 보여서 히가시나카노 씨가 먼저 그만하자고 했는데 그때마다 부부 싸움을 했던 일, 임신했다가 바로 유산돼 버린 일, 불임 치료를 받고 있다는 사실을 양가 부모님께는 말씀드리지 못했다는 일까지, 일할 때와는 달리 매우 유창하게 버벅대지 않고 말했다. 히가시나카노 씨의 아내는 대학 시절 합창 동아리 동기라고 했다. 눈 오는 날 입었던 유채꽃 색 셔츠는 아내가 골라 준 건가? 히가시나카노 씨는 어떤 심정으로 내 아기의 이름을 지어 본 걸까?

"별 얘기를 다 하네요. 죄송합니다. 죄송해요. 오, 오늘은 와 주셔서 감사했습니다."

"아니에요. 오랜만에 현장을 제대로 봐서 저도 좋았어요."

"아, 실수해 놓고 할 말은 아니지만, 현장에서 보니까 더 낫지 않아요? 사양은 좀 잘못됐지만요."

히가시나카노 씨가 백팩에서 지관을 꺼냈다. 그가 사양

을 잘못 전달하는 바람에 생산된 지관을 기술부 담당자가 기념으로 준 것이었다. 3월 말 햇빛 아래 연회색 지관은 단단해 보이진 않았지만 그렇다고 동정을 바라는 눈치도 아니었다.

이럴 땐 뭐라고 해야 하나? 지금 히가시나카노 씨가 한 말을 영업 담당자가 들었다면 분명 화를 냈겠지.

주택가 안쪽에서 불빛이 보였다. 차가 오고 있었다. 히가시나카노 씨가 부른 택시인 모양이었다.

"배, 만져 보시겠어요?"

히가시나카노 씨는 "아, 중요한 시기인데 제가 감히."라고 말하며, 손수건을 꺼내 양손을 닦고 나서 집어넣었다가 다시 꺼내 닦기를 반복했다. 그러면서도 막상 손을 갖다 댈 엄두를 내지 못했다.

택시가 다가왔다. 차 앞 유리에 바다표범 인형이 매달려 있었다.

"어서요. 차 오잖아요." 하며 내가 배를 내밀었다.

"그럼…… 시, 실례하겠습니다."

아이처럼 작고 군데군데 튼 손이 배에 와 닿았다. 따뜻했다. 요즘은 배에 뭘 채우고 다니지 않았다.

"아! 아! 지금 움직였어요! 찼어요! 와, 신기하다! 진짜

158

아기예요!"

히가시나카노 씨가 떨리는 목소리로 말했다.

바다표범이 더욱 가까워지고 있었다.

임신 34주 차

요즘 시사 정보 프로그램에서는 연일 인기 배우의 불륜이 보도되고 있었다. 오늘도 어김없이 텔레비전에서 같은 소식이 흘러나왔다. 나는 베란다로 나가서 빨래를 널기 시작했다. 눅눅한 바람이 뺨과 종아리를 감쌌다. 강 건너 보이는 벚나무의 꽃은 이미 반쯤 떨어진 상태였고, 신사 뒤쪽의 벚꽃은 이번 주가 절정인 듯했다.

"벚꽃은 예쁜데 향이 없어서 좋아. 금목서처럼 향이 강했으면 벚나무 아래서 먹고 마시는 건 꿈도 못 꿨을 거야."

지난주에 에어로빅을 마치고 집에 가는 길에 호야 씨가 했던 말이 떠올랐다. 꽃구경이나 갈까? 양말 건조대의 빨래집게로 양말을 집으며 멍하니 생각했다. 냉장고에 있는 음식으로 도시락도 대충 쌀 수 있을 것 같았다. 빨래를 마저 하고 세면대 청소만 끝내면 나갈 준비를 해야겠다. 출산 휴가 기간은 생각보다 많이 바쁘다고들 했는데 직접 겪어 보니 무슨 말인지 잘 알 것 같았다.

4월 1일부터 출산 휴가에 들어갔다. 원래는 다음 주부터 인데 유급 휴가가 남아 있었고, 인사과에서도 회계 연도가 바뀌기 전에 출산 휴가를 내는 게 좋겠다고 제안해 왔다. 출산 휴가 전 마지막 출근 날 히가시나카노 씨가 학 천 마리를 선물로 줬다. 출산 휴가 첫날은 집안일을 하면서 평소 휴일처럼 보냈다. 그런데 그날 밤 불현듯 깨달음이 내려왔다. 이건 그냥 연차가 아니라 특별한 휴가다!

이틀째였던 어제는 청소만 해 놓고 점심때 밖으로 나갔다. 맛은 있는데 역에서 조금 떨어져 있어서 한 번밖에 가보지 못한 중국집까지 걸어갔다. 점심시간이었으나 직장인들의 모습은 보이지 않았다. 안쪽 자리에 노부부가 마주보고 반듯하게 앉아 음식을 먹고 있었고, 카운터 자리에 아저씨인지 아줌마인지 분간이 잘 가지 않는 사람이 자차이를 안주 삼아 맥주를 마시고 있었다. 나는 마파두부를 시켰다. 정말 맛있었다. 고추의 매운맛이 아니라 산초의 매운맛이라 좋았다. 무알코올 맥주도 주문해 마셨다.

출산과 그 이후를 생각하면 준비할 것들이 꽤 많아서 어젯밤에는 드디어 예비 엄마 교실도 예약했다. 우리 동네는 임신 36주 차까지가 대상이라 하마터면 등록 시기를 놓칠 뻔했다.

지난달부터 갑자기 몸이 불어나기 시작했다. 에어로빅 수업 전에 탈의실에서 체중을 재 봤다. 최근 2, 3주 동안 몸무게가 매주 500그램 좀 안 되게 꾸준히 늘고 있었다. 지금 가려는 꽃놀이도 단순히 놀러 가는 게 아니었다. 출산을 앞두고 건강을 유지하기 위해 가는 것이었다. 산모 수첩 앱에도 많이 걷고 변비에 신경 쓰라고 돼 있었다. 임신부용은 아니나 자라에서 산 루즈한 스타일의 원피스로 갈아입은 다음 운동화를 신고 현관을 나섰다.

요 며칠 날씨가 계속 좋았던 덕분에 밖에 나가니 눈에 보이는 세상 모든 것에서 빛이 났다. 강가는 물 내음과 만물이 소생하는 기운으로 가득 차 있었다. 반짝이는 강물에 눈이 부셔서 오른쪽으로 시선을 돌려 연립 주택 뒤로 난 언덕을 올려다봤다. 급경사 너머에 말 그대로 푸르른 하늘이 펼쳐져 있고, 이 하늘을 등지고 벚꽃이 흐드러지게 피어 있었다.

신사 뒤쪽에서 벚꽃을 구경하면서 도시락을 먹고 치과에 갔다. 이제는 치과 예약을 오전 오후 상관없이 아무 때나 할 수 있었다. 의사는 출산 예정일까지 치료를 마쳐 주겠다고 했다.

치료가 끝나고 진료비 결제를 기다리는데 한눈에도 임신부로 보이는 여자가 자그마한 여자아이의 손을 잡고 들어왔다. 여자는 만사가 귀찮은 얼굴로 항균 슬리퍼로 갈아 신었다. 순간 그녀와 눈이 마주쳤다. 서로 말은 하지 않았다. 하지만 옛날 휴대 전화에 탑재돼 있던 적외선 기능이 사람에게도 있다면 아마 이런 느낌이겠다 싶은 강력한 뭔가가 그녀와 나 사이를 오갔다. 치과를 나서는데 여자의 팔을 꽉 잡고 내 배를 뚫어지게 쳐다보는 아이의 시선이 느껴졌다.

저녁이 되자 창을 통해 바람이 들어왔다. 빨래를 걷으러 베란다로 나갔다. 하늘은 제비꽃 색으로 물들어 있었고, 낮에 따뜻했던 날씨는 언제 그랬냐는 듯 쌀쌀해져 닭살이 돋았다. 강 건너 가로수 길을 내려다보니 란도셀(일본의 초등학생용 책가방 – 옮긴이)을 멘 남자아이들이 걸어가고 있었다. 예닐곱 명 정도로 저학년인 듯했다. 정말 오랜만에 보는 초등학생이었다. 하도 보이지 않아서 혹시 멸종된 건 아닌가 했었다. 란도셀을 멘 어깨가 하나같이 믿기지 않을 만큼 가냘팠다.

아이들은 옆으로 길게 늘어서서 세상에 이보다 더 재미있는 일은 없다는 듯 잔뜩 신이 나 열심히 떠들었다. 좁은 화단 옆을 지날 때는 꿈틀대는 아메바마냥 한 줄로 서서 걸었다. 무리 중 한 아이는 반팔에 반바지 차림이었다.

그러고 보니 초등학교 때 어느 반이든 한 명씩 1년 내내 반팔에 반바지를 입는 애가 있었다. 아무리 추워도 짧은 옷을 입는 애들 말이다. 두 명도 아니고 딱 한 명만. 내 경험상 이런 애들이 같은 반에 배정된 적은 없었다. 반이 바뀔 때마다 선생님들이 조정이라도 하는 건가? 어른이 된 지금은 긴 소매에 긴 바지를 입을까? 처음으로 긴 소매를 입었을 때 혹시 슬펐으려나?

"야마다가 나빠!"

한 아이의 말이 귀에 꽂혔다. 마침 아이들이 우리 집 베란다 건너편을 지나가는 중이었다. 나머지 애들도 덩달아 "야마다가 나빠-! 야마다가 나빠-!" 하며 따라 했다.

목소리는 점점 커져 '야마다가 나빠'는 합창이 됐다. 아이들의 합창이 홍수처럼 출렁거리기 시작해 거대한 파도로 바뀌어 갔다. 나는 아이들에게서 눈을 뗄 수 없었다. 어느덧 하늘은 시커멓게 변색되기 시작한 바나나 같은 빛깔로 변해 있었고 그 가운데 조각구름이 빠르게 흘러갔다.

아이들이 사거리에 다다랐을 때쯤 거대한 파도가 다시 재잘거림으로 바뀌더니 모퉁이를 돌아 시야에서 사라졌다. 어깨의 긴장이 풀렸다. 아이들이 지나간 자리를 한동안 멍 때리며 지켜봤다. 야마다의 뭐가 나빴을까? 아니, 그보다 아까 그 아이들 중에서 야마다가 누구였을까? 어쩌면 처음부터 아이들 중에 야마다는 없었을지도 몰랐다. 내가 알 수 있는 건 그저 아이들 중에, 아니 아이들의 머릿속에 야마다가 있었다는 사실뿐이었다.

어깨 주변이 싸늘해졌다. 슬리퍼를 신은 맨발을 내려다보니 발톱이 보랏빛으로 변해 있었다.

"미안. 추웠지?"

조용히 중얼거리며 빨래를 걷어 방으로 들어왔다.

임신 36주 차

아, 움직였다.

버스에 타려는 순간 무심결에 말이 툭 튀어나왔다. 우산을 접다가 우산살 사이에 손가락이 낄 뻔했다. 버스 기사

164

님이 물었다.

"괜찮으세요? 도와 드릴까요?"

"괜찮아요. 감사해요."

기사님에게 말하고 버스에 올라탔다. 스이카(일본의 교통
카드 - 옮긴이)를 갖다 대니 210엔(한화 약 2,300원 - 옮긴이)이
찍혔다. 성인 한 명 요금이었다. 아직까진 한 명 요금만 내
면 되는구나.

"잘 잡으세요. 출발합니다."

비어 있는 노약자석에 엉덩방아를 찍듯 앉자 차체가 크
게 흔들렸다. 가랑비로 하얗게 피어오른 풍경이 천천히 후
퇴했다. 귀엽고 작은 발이 배를 계속 찼다.

처음 임신부 정기 검진을 받을 때 제일 곤욕을 치렀던 곳
은 바로 병원 접수처였다. 인터넷으로 검색한 병원에 가서
지금까지 한 번도 검진을 받은 적이 없다고 솔직하게 말하
자, 창구의 여직원이 쇳소리를 내며 안전한 출산을 위해
검진이 얼마나 중요한지 일장 연설을 늘어놨다. '지당하
신 말씀'이라 대꾸도 못하고 가만히 서 있는데, 나이가 지
긋해 보이는 다른 직원이 그 여직원을 말리며 나를 환자 대
기실로 안내했다.

의사 선생님이 진료실의 벨벳 의자에 앉아 있었다. 남선생님이었다. 안경 너머의 유리알 같은 눈이 속까지 훤히 들여다보일 것처럼 맑았다. 짧게 깎은 머리는 색이 바래 있었다. 낡은 약장 앞에 앉은 모습이 의사라기보다는 도서관 사서라고 하는 편이 설득력 있어 보였다. 내가 첫 검진이라 더 신경을 써 주는 모양이었다. 아니, 어쩌면 어이없어했을지도 몰랐다. 임신 36주 차가 되도록 검진을 받은 적이 없다니.

"배가 크시네요."

의사가 내 배를 보더니 말했다. 초산인지 확인하고 나서 잠시 잡담을 나눴다. 선생님은 자기가 키우는 요크셔테리어가 꼭 본인 침대에만 오줌을 눈다는 이야기까지 한 후에야 검사를 시작했다.

선생님이 초음파 검사를 위해 불을 끄고는 침대에 누우라고 했다. 그러고 나서 배에 차가운 젤 같은 걸 바르고 그 위에 기계를 갖다 댔다. 검사실이 어두워서, 누워 있는데도 흔들흔들하며 푸르스름한 빛을 발하는 모니터가 잘 보였다. 선생님이 "이상하네."라고 한마디하더니 아무 말이 없었다. 잠시 기다리자 "좀 선명하지가 않네요." 하면서 포인터를 꺼냈다.

"보세요. 이게 아기예요. 건강해 보이네요. 잘 움직여요."

누운 자세에서 고개만 들어 모니터를 봤다. 화면에는 사람의 모습을 한 것이 확실히 있었다. 나는 눈이 휘둥그레졌다. 배에 의식을 집중했다.

"이게 아기예요?"

"네. 시바타 씨 아기요."

의사 선생님은 흡사 모래 폭풍이 휘몰아치는 듯한 모니터 화면을 가리키며 하나씩 차근차근 설명해 줬다.

"여기가 머리고, 이쪽이 후두부예요. 여기가 배, 꽤 날씬하네요. 여기가 엉덩이. 이게 발. 보이세요? 알겠어요? 보세요. 움직여요! 그리고 이게 손이에요."

머리.

배.

엉덩이.

발.

손.

나는 난생처음 접하는 외국어를 따라 하듯 천천히 한 단어씩 읊조렸다. 그러자 화면의 출렁임이 서서히 가라앉더니 아기가 더욱 또렷한 윤곽을 드러냈다. 마치 밤새 모든 것을 삼켜 버린 태풍이 천천히 사그라들면서 그때까지 숨

죽이고 있던 비밀의 화원이 조금씩 모습을 드러내는 것 같았다.

"지금 다리 구부리는 거 보셨어요? 건강하네요. 어? 괜찮으세요?"

죄송해요, 선생님. 잠시만요. 죄송해요. 대답을 하고 싶었지만 목소리가 나오지 않았다. 아기가 거기에 있었다. 내 아기가 세상에 자리 하나를 차지하고 그 자리에 있었다. 거짓말처럼 사람의 모습을 하고 있었다.

"아, 시바타 씨, 괜찮습니다. 여기서 우시는 산모님들 많아요. 소중한 아이와의 첫 대면인데 당연히 그럴 수 있죠. 여기 티슈요."

"감사합니다." 하면서 모니터에서 눈을 떼지 않고 있는 힘껏 코를 풀었다. 간호사가 티슈를 통째로 가져다줬다. 갑티슈 겉면에 병아리 떼가 돌아다니는 그림이 인쇄돼 있었다. 병아리, 닭의 아가들.

선생님이 모니터의 다이얼을 조작했다.

"그런데 얼굴이 잘 안 보이네요. 좀 이상한데? 다른 데는 화면이 깨끗해졌는데 제일 중요한 얼굴 부분만 왜 아직도 거칠게 보이지? 잠시만요. 조정 좀 다시 해 볼게요."

"선생님, 오늘은 됐어요. 오늘은 저도 아직 마음의 준비가 안 돼서요."

"네? 됐다고요?"

나는 "다음에는 보이게 해서 올게요. 제가 더 노력할게요." 하고 말했다. 그러고는 침대에서 일어나 배에 묻은 젤을 물티슈로 닦아 내고 진료실을 나왔다.

버스의 흔들림도 아니고 그렇다고 지진도 아니었다. 자그마한 것이 나를 안에서부터 흔들고 있었다. 빗방울이 세상에 스며들고 차창 밖으로 사람들의 정수리와 상점 간판이 빠르게 스쳐 갔다.

조금 전 수첩 사이에 끼워 놓은 초음파 사진이 보고 싶어졌다. 접수처에서 진료비가 얼마인지 물어보는데 의사 선생님이 황급히 나와서 건네준 것이었다. 배 속에 있는 푸르스름한 빛. 작은 손이 뭔가를 잡으려는 듯, 동글동글한 다리가 흔적을 새기려는 듯 허우적대고 있었다.

혹시 나에 대한 보상인가? 누군가를 만들어 내고 이야기를 계속 이어 가는 것에 대한 보상 말이다.

아, 아야! 왜 이렇게 아프지? 뭔가 속에서 내장을 압박하는 듯 심한 통증이 느껴졌다. 이 뭔가는 뼈도 못살게 굴고 있었다. 나는 배를 감싸며 몸을 웅크렸다. 그러고는 원피스 너머의 자그마한 팔을 쓰다듬듯 계속 배를 쓰다듬었다.

"저기, 괜찮으세요?"

옆쪽 노약자석에 앉아 있던 초로의 남자가 묻는 말에 진 땀을 흘리면서 겨우 고개만 끄덕였다.

임신 37주 차

'임신 37주 차, 이 주의 아기 크기는 시금치'.

스마트폰 화면을 보다가 고개를 들어 냉장고 쪽을 돌아 봤다. 그제서야 생각났다. 어제 산 건 소송채였다. 시금치 는 비싸서 살까 하다 말았었다. 나는 소파에 깊숙이 기대 앉았다. 배가 고팠지만 고기 굽는 냄새며 음식 끓일 때 올 라오는 김이 작은 창을 하얗게 뒤덮을 걸 생각하니 속에서 뭔가가 자꾸 올라오는 것 같은 느낌이 들었다.

통증과 메슥거림은 좀처럼 가라앉지 않았다. 얼마 전부 터 조금씩 태동이 있었고 허리 언저리가 묵직한 느낌도 종 종 있었는데, 지난주에 정기 검진을 받은 이후로 태동이 갑 자기 심해졌다. 통증의 정도가 확실히 달랐다. 내장이 압 박을 받아 숨이 차기 일쑤였고, 갑자기 움직이지 못할 때도 있었다.

아이는 내 의지와 상관없이 놀았다. 내가 자려고 누우면 배를 찼고, 겨우 얌전해졌나 싶으면 공중제비를 돌았다. 그러다 방광이나 자궁문에 닿기라도 하면 숨도 못 쉴 정도의 통증이 이어졌다. 아마존 프라임에서 본 영화 하나가 떠올랐다. 마피아가 마취도 하지 않고 산 사람의 배를 갈라 장기를 손으로 움켜쥐던 장면이었다. 지금 내 상태가 딱 그랬다. 당장 내일 또 검진을 하러 가야 하건만 버스를 타고 병원까지 갈 자신이 없었다. 또렷한 윤곽이 드러나기 시작한 생명체가 몸속을 돌아다니고 있다니. 내 몸이 너무나 낯설었다.

"그런 적 있어요?"

겨우 몸이 좀 나아져서 헬스클럽에 갔다가 지하루 씨를 만나 물어봤다.

"나는 입덧할 때가 제일 힘들었는데 임신 후기가 힘들다는 사람도 꽤 있더라고. 그리고 시바타 짱도 산후 우울증 조심해."

그러고는 "아이 낳고 산후 우울증 걸리는 사람들 많으니까." 하고 한마디 더 보태더니 스마트폰을 꺼내 후생 노동성 사이트를 보여 줬다.

"이런 데서도 육아 관련 상담해 줘. 물론 무슨 일 생기면 나한테 말해도 상관없지만 오히려 아는 사이라 더 말하기 어려운 것도 있잖아. 말하고 싶지 않은 것도 있을 수 있고."

언제 봐도 완벽한 보브 단발 사이로 이어 커프가 슬쩍 보였다.

아이가 요란하게 방광을 걷어찰 때는 소파에 걸터앉는 것조차 힘들어서 끙끙대며 방 안을 여기저기 돌아다녔다. 진통제를 먹으면 좋을 텐데 집에 있는 록소닌은 예정일이 12주 이내인 임신부가 먹으면 안 된다고 했다.

거의 다 타 버린 건가? 현관을 나오자 빨간 별이 남쪽 하늘에 낮게 떠 있었다. 나는 층계참에 서서 특정 별이 제자리에 있는지 확인하고 계단을 내려오는 습관이 있었다. 입주자용 자전거 보관소를 가로질러 뒷길로 갔다. 스마트폰을 보니 밤 열한 시 반이 조금 지나 있었다.

오늘도 역시 몸이 나른해서 일찌감치 잠자리에 들기 위해 몇 시간 전에 침대에 누웠었다. 그런데 배 속의 아기가 갑자기 킥을 날리는 바람에 잠이 완전히 달아나서 맨발에 샌들을 끌고 산책을 나왔던 것이다. 강가를 따라 걷다가 평소에 걷기를 할 때 자주 지나가는 언덕길로 향했다. 숨이 찼다. 천식 환자마냥 내 목에서 나오는 게 맞나 싶은 색색거리는 소리가 났다. 하지만 걸음을 멈추지는 않았다.

언덕을 오르면 다시 평지가 시작되고 주택가로 길이 이어졌다. 퇴근길에 처음 걷기를 시작한 날 몸이 안 좋아 보이는 임신부를 만난 것도 이 근처였다. 그날 이후로 이렇게 늦은 시간에 여기를 오는 건 처음이었다. 아무도 없는 길에 덩그러니 설치된 자판기만이 눈부신 생명력을 뿜어냈다.

모퉁이를 돌자마자 멈칫했다. 길 안쪽에 뭔가 있었다. 이곳을 지날 때마다 분명 땅 주인의 집일 거라고 생각했던 커다란 집 맞은편에 사람이 서 있었다. 그런데 무슨 이유에서인지 규칙적으로 몸을 움직이고 있었다. 위아래로, 그리고 앞뒤로. '왜 여기만 오면 이상한 사람을 만나지?' 하고 생각하면서도 계속 앞으로 걸어갔다. 배 속에서도 걷기를 멈추지 말라는 듯 쉼 없이 발길질을 해 댔다. 그 사람과 점점 가까워지고 있었다.

그 사람은 무릎으로 가볍게 리듬을 타면서 꾸부정하게 서서 양팔을 살살 흔들고 있었다. 흡사 춤을 추는 것 같기도 했다. 다른 사람 귀에는 들리지 않는, 끝없이 이어지는 가락에 맞춰서 추는, 동작이 아주 작은 춤. 아니면 무슨 의식 같기도 했다. 기우제를 직접 본 적은 없지만 이런 분위기가 아닐까 싶었다.

그 사람은 아주 많이 지쳐 보였다. 때때로 몸 앞쪽에 안은 커다란 뭔가에서 한 손을 떼서 힘겹게 몸을 구부려 허리를 툭툭 두드렸다. 간혹 어깨도 두드렸다. 딱 봐도 허리와 어깨가 안 좋은 자세였다. 그러다 가끔 눈도 비볐다. 하지만 금세 원래 자세로 돌아갔다. 그러고는 아기를 재우듯이 다시 몸을 흔들었다.

그 사람이 뒤를 돌아봤다. 폭이 좁은 하얀 얼굴이 눈에 들어왔다.

"시바타 짱."

어디서 많이 들어 본 익숙한 목소리였다. 대신 감기를 오래 앓은 사람처럼 쉬어 있었다. 하지만 분명 그 사람만의 독특한 말투가 있어서, 발음인지 억양인지 잘 모르겠지만 아무튼 다른 사람이 같은 말을 했을 때와 확실한 차이가 있었다. 문득 처음 나를 '시바타 짱'이라 불러 줬던 사람이 떠올랐다.

"호소노 씨, 오랜만이야. 아니, 여기서 뭐 해?"

"시바타 짱은 산책 나온 거야? 늦은 시간인데 대단하다."

호소노 씨의 눈이 가늘어졌다. 원래도 작았던 얼굴이 이보다 더 작아질 수 있을까 싶을 만큼 작아져 있었다.

"오랜만이네. 어때? 잘 지내? 에어로빅 사람들은? 얼마 전에 버스를 탔는데 칼리 씨랑 완전 똑같이 생긴 사람을 봤다니까. 가치코 씨는? 계속 잘 먹어?"

"응. 매주 먹어. 그저께는 러스크를 가져와서 열심히 먹더라."

호소노 씨가 "그랬구나." 하고 웃으려는 순간 기침이 새어 나왔다. 콜록콜록. 기침이 그녀의 여린 등을 찢어 놓을 것만 같았다. 그 상황에서조차 호소노 씨는 흔들기를 멈추지 않았다. 내가 모르는 리듬을 타면서 갑옷처럼 보이는 포대기를 감싸 안고 위아래로 흔들었다. 가느다란 종아리에 가까스로 매달려 있던 양말이 결국 포기하고 스르르 흘러내리는 것도 신경 쓰지 않았다.

"미안. 듣기 불편하지? 아 참, 시바타 짱도 이제 곧 예정일이지? 몸은 좀 어때? 한창 힘들 때라."

"호소노 씨."

"왜?"

"아기 태어난 거 축하해."

"고마워."라고 말하는 호소노 씨의 눈에 눈물이 차오르는 것 같았다. 때마침 허리에 뻐근한 통증이 느껴져서 몸을 살짝 웅크리고 숨을 참았다. 다시 얼굴을 들었을 때 이번에는 호소노 씨가 고개를 숙이고 있어 표정이 잘 보이지 않았다. 포대기 안에 있는 아기의 얼굴도.

"3월에 태어났지?"

"응."

"대단해. 진짜로 낳았잖아. 존경스러워. 축하해. 여자아이지? 기쿠 씨가 다 같이 있을 때 사진 보여 줬거든. 예쁘더라."

"정말 고마워."

호소노 씨는 몸을 흔들면서 중간에 한 번 손의 위치를 바꿨을 뿐 여전히 고개를 들지 않았다. 호소노 씨를 이렇게 물끄러미 바라본 적이 없었다. 가냘픈 어깨와 동그란 뼈가 드러난 손목만 봐서는 애기 엄마라기보다는 10대 소녀라는 편이 더 어울릴 것 같았다. 호소노 씨는 학창 시절에 어떤 아이였을까?

바로 앞에 있는 '땅 주인' 집 1층의 불이 꺼졌다. 4월이지만 밤공기가 차가웠다. 나는 가볍게 발을 비볐다. 양말을 신지 않고 나온 걸 후회했다.

"벌써 열두 시야. 나야 산책하러 나왔다지만 호소노 씨는 어쩐 일이야? 이 시간에 밖에 있으면 추워. 남편분도 걱정할 거고."

"응……."

"호소노 씨?"

호소노 씨의 가슴이 위아래로 여러 번 천천히 들썩였다. 공기 새는 소리가 났다. 가슴에 안긴 아기의 얼굴이 살짝 보였다. 볼이 방금 만든 크림보다도 더 매끄럽고 보드라워 보였다. 호소노 씨의 가슴과 팔 사이에서 아기가 세상 모르고 새근새근 잠들어 있었다.

"이렇게 안아 줄 때는 괜찮아."

땅 주인 집의 2층 불마저 꺼지자 호소노 씨가 입을 열었다. 비음이나 탁음을 연습할 때처럼 아주 나지막한 목소리였다. 몸은 계속 흔들고 있었다. 한 번이라도 흔들지 않으면 무슨 무서운 일이라도 벌어질 것처럼.

"예뻐. 너무 좋아. 보물이야. 진짜로. 아기는 정말 예뻐."

"응."

"그렇지. 그렇다니까. 다들 그렇게 말해!"

호소노 씨가 팔에 힘을 주더니 얼굴을 들었다. 봄날 어둠 속에서 뭔가가 터지고 있었다.

"다들 그렇게 말해. 예쁘죠? 행복하겠어요. 눈이 닮았네……. 아니! 전혀 안 닮았어! 계속 울어! 가만히 아이 얼굴을 들여다볼 새가 없다니까! 친정에 있을 때는 닮았나 잠깐 생각하기도 했어. 엄마가 안고 계실 때 옆에서 보면서. 근데 우리 집에 오고 나니 뭐가 뭔지 잘 모르겠어. 일단 무조건 울어. 계속 울어. 당연히 잠은 자. 잠깐씩이지만 그래도 꽤 자는 편이야. 근데 그때 젖병을 씻어 놔야 해. 안 그럼 마르질 않으니까. 거기다 집안일도 해야 돼. 정말 말도 안 돼. 다들 어떻게 하고 사는 거야? 다들 초인인 거야? 애 안은 상태로 밀린 빨래해서 널고 청소도 하고 그러는 거야? 침대에 내려놓기만 하면 바로 울어. 등에 센서라도 달린 것 같다니까. 말이 돼? 중력을 거스를 생각도, 근력도 없는 애가 왜 누워 있는 게 그렇게 싫어? 전생에 누워 있다 칼이라도 맞은 거야, 뭐야? 그래. 뭐, 그거까진 백번 양보한다 쳐. 이 애는 괜찮아. 유리는 괜찮아. 아, 이름이 유리야. '자유' 할 때 '유'에 배나무 '리'를 써서 유리야. 유리는 나야. 내 분신이라고. 물론 언젠간 내 곁을 떠날 거라는 건 알지만 그래도 괜찮아. 보물이야. 근데 남편은 대체 뭐야? 유리가 밤에 울면 남편은 인상부터 써. 내일 아침에 일찍 나가야 한다면서. 그냥 인상만 쓰면 그나마 다행이게? 기분 안 좋은데 나 지금 참고 있거든, 하는 얼굴이야. '아, 너무 열받아. 엄청 짜증 나는데 나 지금 참고 있거든? 네가 이해해라.' 이런 식이라니까. 진짜로 나를 조금이라도 이해하면

대체 왜 주말 같은 때 아무것도 안 하는 거야? 어째서 내가 유리를 데리고 나와서 이렇게 한밤중에 밖에 서 있어야 하냐고. 한숨 좀 쉬지 말라고. 어쩌다 한번 애 재웠다고 우쭐대지 말라고. 아카짱혼포(일본의 아기 용품 전문 업체 – 옮긴이)에 들렀다 온다고 하길래 아기 등에 대 주는 땀 흡수 패드를 사 오라고 했더니 지금 입히지도 못하는 커다란 옷을 사 와서는 예쁜 옷 사 왔다고 자랑하는 거야. 제발 그러지 좀 말라고! 정작 사 오라는 땀 흡수 패드는 사지도 않고. 아! 진짜 30분이라도 좋으니까 나도 몰아서 잠 좀 자 보고 싶어."

바로 뒤에 있는 아파트의 창문이 닫혔다. 쾅! 쾅! 두 집이 연달아 항의 표시라도 하듯 거친 소리가 났다. 하지만 호소노 씨는 개의치 않았다. 속사포처럼 쏟아 내는 호소노 씨의 뜨거운 하소연을 끊은 건 품에서 새어 나온 작고 앙증맞은 울음소리였다.

응애, 응애⋯⋯.

순간 호소노 씨와 나는 숨을 죽였다. 형광등 아래에서 본 호소노 씨의 얼굴은 창백했다. 나는 호흡을 참으며 진녹색 포대기를 봤다. 내 배 속도 긴장한 듯했다.

응애, 응애, 응애, 응⋯⋯.

다행히 아기는 새근새근 숨소리를 내며 다시 잠들었다.

호소노 씨는 가느다란 한숨을 내쉬고 아기를 살살 흔들기 시작했다. 집 현관을 나선 게 까마득한 옛날 일처럼 느껴졌다.

호소노 씨는 "큰일 날 뻔했네." 하더니 입을 다물었다. 나 역시 아무 말도 하지 않았다. 무슨 말을 해야 할지 몰랐다. 그렇지만 "밤도 늦었고 이만 들어가자." 하며 헤어질 수 있는 분위기도 아니었다. 설사 작별 인사를 하더라도 둘 다 선뜻 발을 떼지 못할 걸 알고 있었다.

"호소노 씨 남편은 가정적일 거라고 생각했는데."

라운지에서 들었던 이야기들을 조금씩 떠올리며 말했다.

"검진도 자주 같이 가 주고, 입덧 때문에 계속 토할 때도 집안일 꽤 많이 도와줬다며."

호소노 씨는 한 손으로는 유리를 안고 다른 한 손으로는 볼을 두어 번 긁적였다. 딱히 가려워서 긁는 건 아닌 것 같았다. 뼈가 앙상한 호소노 씨의 오른손이 안쓰러워 보였다.

"음, 도와주기는 하지. 하지만 역시 남은 남이야."

"남?"

"응. 남편이 한 거라곤 배설밖에 없잖아. 사정 말고 뭘 더 했냐는 말이지. 내 배가 제멋대로 불러 오고, 심지어 토하기도 하고 움직이지 못할 때도 있었는데. 이렇게 힘들게 임신이며 출산의 과정을 겪는 동안 가끔씩 그저 격려나 한 번 하면서 옆에서 보고만 있었잖아. 뭐, 애 낳을 때 옆에서 울긴 하더라. 하지만 자기가 배설한 결과가 사람의 모습을 하고 태어난 데 아주 잠깐 감격했던 거뿐이야. 뭐, 애는 여자인 내가 낳는다고 치더라도, 지금은? 애가 태어났잖아. 내가 모유를 먹일 때 빼곤 나랑 조건이 똑같은 거 아냐? 근데 글쎄 그분께서 아빠 될 마음의 준비를 할 시간을 달라고 하시는 거야! 열 달 전부터 본인은 이미 아빠였는데! '뭘 또 그렇게 멍하니 보냐? 견학 왔어? 대신 난 밖에서 일하잖아.' 하길래 '나도 직업이 있잖아.' 하고 받아쳤어. 물론 남편 월급이 더 많아. 그래서 내가 육아 휴직을 낸 거고. 지금 당장 그러라는 건 아닌데, 솔직히 말해서 자기가 육아 휴직 내고 내가 일하는 상황을 한 번이라도 생각해 본 적 있겠어? 자기가 기저귀 한번 갈아 준 일로 내가 왜 그렇게까지 고마워해야 되는 거야? 잠시라도 내가 애 보느라 힘들 겠다고 생각해 본 적은 없는 거야? 아니면 생각은 해 봤는데 어쨌든 애 엄마니까 어쩔 수 없다는 거야, 뭐야? 하, 이런 내 속을 남편이란 사람이 알기나 할까? 코앞에서 쿨쿨 잘 자는 남편을 보고 있으면 한 번도 직접 본 적이 없는 정치인이나 브라질의 어느 길거리에 버려진 유기견보다 멀

게 느껴진다니까."

진정된 줄 알았던 호소노 씨의 분노가 거세게 피어오르더니 봉화처럼 활활 타올랐다. 맞은편 아파트에 사는 사람이 베란다로 나와서 우리 쪽을 째려보는 게 보였지만 나도 더 이상 신경 쓰지 않기로 했다. 무심결에 "그 마음 알지."라는 말이 입에서 튀어나왔다.

이렇게 분노하는 사람이 호소노 씨만은 아닐 것이었다. 지하루 씨도 그랬을지 몰랐다. 호야 씨나 가치코 씨한테도 이렇게 분노하는 날이 올지 몰랐다. 그리고 우리 엄마도 그랬을지 몰랐다. 내 아이스크림을 계속 뺏어 먹으면서 맛있다던 우리 엄마도⋯⋯.

호소노 씨의 이야기를 듣다가 아까 그 별을 또 발견했다. 집을 나올 때 봤던 별이었다. 고층 빌딩 숲 위로 떠 있는, 활활 타 버릴 것만 같은 빨간 별.

그런데 빨간 빛이 갑자기 사라졌다.

잘못 봤나 싶어 눈을 크게 뜨고 다시 봤더니 그대로 있었다. 그럼 그렇지. 별이 사라질 리 없지. 그런데 계속 뚫어지게 보니 또 꺼졌다. 그러다가 바로 다시 켜졌다. 틀림없었다. 아무래도 별이 움직이는 것 같았다.

별은 일정한 속도로 움직이면서 뚜우우, 뚜우우우 정도

의 주기로 깜빡였다. 불현듯 그쪽 방향으로 빌딩 너머에 공항이 있다는 사실이 떠올랐다. 그제야 내가 별이라고 생각한 게 이착륙하는 비행기라는 데 생각이 미쳤다.

"아니. 미안. 솔직히 나도 잘 모르겠어."

호소노 씨가 의아한 표정으로 나를 봤다. 언제 봐도 작은 얼굴이 늘 부러웠다. 호소노 씨의 남편은 이 자그마한 얼굴의 오밀조밀한 눈, 코, 입을 매일 어떤 눈으로 바라보고 있을까?

"남편은 남자라 나보다 더 모르지 않을까? 최소한 이해는 해 보려고 노력 중일지도 몰라. 물론 전혀 아닐 수도 있지만. 나라도 아기가 자꾸 울면 인상 쓰게 될 것 같아. 그만 좀 울라고."

나는 이야기를 이어 갔다. 그러면서 처음 이 길을 걸었을 때의 일을 떠올리려 애썼다. 조금 피곤했었던 것 같다. 맞다! 퇴근길이었지! 체중이 늘어서 집에 갈 때 한두 정거장 먼저 내려서 걷기로 마음먹고 처음 걸었던 날이잖아. 그게 언제였더라?

"다른 사람들은, 음, 그러니까 지하루 씨라면 알지도 몰라. 첫째, 둘째가 쌍둥이라 힘들었다고 했으니까. 다른 사람들도 아마 다들 공감은 해 줄 거야. 하지만 있잖아, 그 사람들은 호소노 씨가 아니야."

맞다! 겨울이었다. 그때 분명 코트를 입고 있었다. 임신 안정기로 접어들 때쯤이었으니까 12월이었다. 배도 조금씩 불러 와서 임신부라는 사실에 조금씩 익숙해졌던 시기였다.

"내가 요즘 임신, 출산에 관한 블로그를 종종 보거든. 아니, 근데 가상 화폐로 쇼핑도 하고 굳이 출근하지 않아도 집에서 일할 수 있는 시대에, 인구의 절반도 안 되는 사람들이 경험하는 출산이 왜 이렇게 아프고 고통스러운 거야? 그렇게 힘들게 젖 물리고 어쩌고 하면서 왜 고작 30분도 몰아서 잘 수가 없는 거냐고."

임신을 하고 나서 정시에 퇴근하게 됐을 때 이 시간에 집에 가도 되나 싶어 처음에는 적응이 잘 되지 않았다. 정시라는 게 정해진 시간이라는 의미니까 정시에 퇴근한다고 좋아할 일이 아니라 실은 당연한 것인데 말이다. 오후 다섯 시가 조금 지나 전철을 탔는데 사람들이 생각보다 많아서 놀라고, 그들의 대수롭지 않아 하는 얼굴에 또 한 번 놀랐었다.

"의외로 많은 사람들이 남편이나 시부모님은 말할 것도 없고 심지어는 자기 부모님한테서까지 심한 말을 듣고 또 비슷한 대우를 받더라. 이런 얘길 들으면 상대방은 대신 뭐라도 해 줄 것처럼 맞장구쳐 주기도 해. 하지만 딱 거기까지야. 아마 그 상대방은 대신 뭘 해 주기는커녕 말한 사람의 마음을 제대로 헤아리지도 못했을걸? 왜냐고? 자기 일이 아니니까. 나부터도 말이야. 지금 이렇게 내 앞에 있는 호소노 씨가 얼마나 아프고 괴롭고 잠을 못 자서 피곤할지 짐작이 잘 안 가."

그러고 보니 송년회에 참석한 건 제대로 돈 낭비였다. 혼자 살기 시작하면서 다양한 깨달음을 얻었는데, 그중 하나는 바로 내키지 않는 술자리에는 가지 않는 게 절약의 첫걸음이라는 것이었다. 돈과 시간을 버려 가면서 친하지도 않은 사람이 장황하게 늘어놓는 말을 들어줘야 할 이유는 어디에도 없었다. 게다가 남의 사생활은 왜 그렇게 꼬치꼬치 캐묻는 건지, 참.

"호소노 씨든 칼리 씨든 아니면 다른 누군가가 입덧이 심해서 내내 토하면서도 남편 저녁 차려 준다고 꾸역꾸역 피망하고 돼지고기를 썰고 있는 동안, 난 기분 좋게 케이크를 먹고 있을 때가 셀 수 없을 만큼 많을걸? 분명히 그럴 거야. 물론 모두가 똑같이 불행해지길 바라는 건 아냐. 당연히 그 반대지. 아무도 불행해지지 않았으면 좋겠고, 나도 그렇게 되고 싶지 않아."

임신했으니 당연히 걱정된다는 얼굴을 하고 유들유들하게 말을 돌려서 별 쓰잘머리 없는 질문이나 해 대는 사람들을 왜 내가 재미있게 받아치면서 만족시켜 줘야 할까? 어째서 그런 모임을 마치고 집으로 돌아가는 길은 언제나 어둡고 추운 걸까?

아니, 그것보다, 에어로빅이 끝나고 라운지에서 과자를 먹으며 실없는 수다를 실컷 떨다가 집으로 돌아가서 현관문을 열었을 때 갑자기 집 안이 평소보다 어둡게 느껴지는 건 왜일까?

"아, 외롭다……. 미안. 호소노 씨가 힘들어하는 거랑 완전히 딴 얘기가 돼 버렸네. 그런데 있잖아, 난 항상 외로워. 인간이라면 누구나 다 태어날 때부터 외로운 존재라는 걸 머리로는 알면서도 도저히 익숙해지지가 않아. 결국 인간은 누구나 혼자인데."

내 목소리가 떨리고 있었다. 이런 내 목소리를 듣는 게 참 오랜만이었다. 호소노 씨 뒤쪽으로 있는 연립 주택의 불이 드디어 꺼졌다. 요즘은 흔치 않은 빨간 벽돌로 지은 연립 주택이었다.

어릴 때 살던 연립 주택은 아빠가 근무하던 회사가 몇 채만 빌려 쓰던 사택이었다. 학구(学区) 제일 끄트머리에 위치한, 우중충한 파란 기와지붕이 있는 집이었다. 그 집의 관리인은 혼자 사는 할머니였다. 관리인 할머니는 늘 혼자 뭐라고 중얼거리며 새집처럼 떡 진 백발을 길게 늘어뜨리고 다녔다. 사람들은 그녀를 '마녀'라고 불렀다.

마녀는 시도 때도 없이 기분이 나빠 보였다. 특히나 누가 연립 주택 뒷마당에 들어가려고만 하면 노발대발했으며, 애들이라고 봐주는 거 없이 빗자루로 등짝을 세게 내리쳤다. 한 젊은 아줌마가 빨래가 떨어져서 주우러 들어가려 했는데 무슨 말인지 도통 알아들을 수 없는 말로 고래고래 고함을 지르면서 내쫓았다고도 했다.

언제부턴가 아이들 사이에서 뒷마당에 독약을 다리는 약초 농원이 있고, 마녀가 기르는 호랑이가 그곳을 지키고 있다는 소문이 돌았다. 실제로 매년 봄이 되면 밤마다 이상한 울음소리가 들렸다.

"그런데 왜 사람들은 남의 일에 간섭하고 싶어 하는 거야? 진짜 관심이 있는 것도 아니면서 쓸데없이 남의 일에 참견하고 자기들 마음대로 단정 짓고 자기가 이해하지 못하는 일이면 이상하다는 둥 의외라는 둥 뭐가 그리 말이 많냐고. 난 말이야. 너무 외롭고 싱숭생숭해서 그런가, 가끔 내가 누군지 잊어버릴 것 같을 때도 있어."

초등학교 2학년 때쯤 나는 뒷마당에 몰래 들어갈 계획을 세웠다. 같은 연립 주택에 사는 아이들 중 누구도 잠입에 성공한 적 없는 뒷마당을 내 아지트로 만들고 싶었다. 디데이는 토요일 이른 아침으로 정했다. 마녀는 보통 점심때가 지나서 무거운 몸을 끌고 계단을 내려와 청소를 하거나 잡초를 뽑았다. 우리 부모님들도 토요일에는 오전 아홉시 정도까지 일어나지 않았기 때문에 조용히 나와 현관문을 열쇠로 잠그면 눈치채지 못할 것이었다. 나는 집 열쇠에 달려 있는 테디 베어 키홀더를 뺐다. 테디 베어 목에 걸려 있는 방울 소리에 마녀가 깨지 않게 하기 위해서였다.

살짝 후텁지근한 5월 아침, 작전을 단행했다. 긴장했는지 저절로 눈이 떠졌다. 깨자마자 졸음이 싹 달아났다. 커튼이 쳐져 있어 밖이 보이지는 않지만 서서히 날이 밝아오고 있는 것 같았다. 가슴이 쿵쾅쿵쾅 뛰었지만 꾹 참고 연립 주택의 계단을 살금살금 내려갔다.

"그래서 난 거짓말을 간직하기로 했어."

"거짓말을 간직하다니?"

호소노 씨의 까만 눈동자가 반짝였다. 틀림없어! 호소노 씨가 초겨울에 여기서 만난 사람이야. 빨간 다운 코트를 입고 어디로 보나 진짜를 배에 품고 있던 그 사람이 분명하다고.

"호소노 씨, 거짓이어도 좋으니까 혼자만의 장소를 만들어 봐. 겨우 한 명 들어갈 정도의 작은 크기로다가. 거짓말이라도 괜찮으니까. 거짓말을 가슴속에 간직하고 되뇌면서 키워 가다 보면 그 거짓말이 호소노 씨를 의외의 장소로 데려다줄지도 몰라. 그 사이에 자기 자신도, 세상도 조금은 바뀌어 있을지도 모르고."

뒷마당에는 호랑이도 약초 농원도 없었다. 그저 어여쁜 색들만 가득했다. 장미, 공조팝나무, 작약, 은방울꽃, 꽃도라지, 그리고 이름을 알 수 없는 갖가지 꽃들이 흐드러지게 피어 있었다. 한밤중의 비밀을 정성스럽게 다린 어둠이 조금씩 풀리면서 하늘 저 끝에서부터 싱그럽게 물드는 사이, 모든 색채가 잠에서 깨어 웃으며 재잘대고 있었다. 황홀한 보석 같은 아침 이슬을 두른 꽃들이 뿜어내는 진한 향수 같은 내음에 머릿속이 찌릿해졌다.

문득 내 손을 봤다. 인간이 발을 들여놓는 것이 허락된다는 사실이 믿기지 않는 천상의 광경이었다. 우아하면서 한편으론 야만적인 꽃들이 무도회가 끝나는 것을 아쉬워하며 소리 없는 왈츠에 몸을 흔들고 있었다. 그러면서 밤새

꽃잎 한 장 한 장에 한껏 머금은 달빛을 마음껏 발산하며 보는 이를 유혹하고 있었다.

달콤하게 늘어진 등나무 꽃의 감촉을 손으로 느껴 보고 싶었다. 나는 까치발을 하고 서서 보드라워 보이는 꽃에 손을 뻗었다. 뻗는 순간 균열이 생겼다. 아침 햇살이었다. 날이 밝아 오고 있었다. 마법이 풀리듯 어지럽게 세상의 색이 변해 갔다. 눈 깜짝할 새도 허락하지 않고 작은 세상은 아침에 잠식돼 갔다.

그때 마녀가 등나무 그늘 아래 있는 게 보였다. 그녀를 둘러싼 여러 마리의 새끼 고양이에게 우유를 주던 마녀는 하늘이 밝아 오자 못마땅하다는 듯 묵직한 어깨를 움츠렸다. 마녀가 우유병을 넣고 뒷마당의 더 안쪽으로 걸어가자 새끼 고양이들이 꼬리를 살랑살랑 흔들면서 뒤를 따랐다. 마녀와 새끼 고양이의 모습이 보이지 않을 때쯤 하늘은 내가 아는 원래의 얼굴을 드러냈다. 나는 숨을 죽이고 한동안 얼어붙어 있다가 왔던 길로 되돌아 나왔다.

집에 들어갔더니 현관에서 엄마가 기다리고 있었다. 화장실에 가려고 나왔다가 내 방문이 열려 있는 걸 봤고 테디 베어 키홀더를 발견했다고 했다. 엄마는 "이 시간에 밖에서 뭐 했어?" 하며 잠든 아빠까지 깨울 기세로 화가 나서 꼬치꼬치 캐물었다. 하지만 나는 엄마의 말이 들리지 않았다. 미친 듯이 쏟아지는 졸음에 그대로 있다가는 쓰러질 것만 같았다. 결국 다그치기를 포기한 엄마로부터 해방돼 침대 속으로 기어들어 가면서 몽롱한 상태로 기억을 떠올렸다.

등나무의 축복 속에서 새끼 고양이를 쓰다듬던 마녀의 옆얼굴이 언젠가 그림에서 본 성녀를 닮은 것도 같았다.

호소노 씨는 더 이상 몸을 흔들지 않았다. 가로등 아래 그냥 서 있었다. 유리는 새근새근 잠이 들었다.

호소노 씨의 아파트는 바로 코앞이었다. "저기야." 하며 손가락으로 가리키는 곳을 보니 2년 전에 새로 지어진 깨끗한 아파트였다. 전에 그 앞을 지나가다 아파트 입구에 놓인 소파를 보고 '비싸겠지?' 하고 생각한 적이 있었다. 5층의 끝 방은 아직 불이 켜져 있었다. "괜찮겠어?" 하고 묻자 호소노 씨가 힘없이 고개를 끄덕였다. 유리의 동그란 머리를 쓰다듬는 왼손에 끼워진 반지가 가로등에 반사돼 반짝거렸다.

"시바타 쨩."

"잘 자." 하고 집에 가려는데 호소노 씨가 나를 불러 세

왔다.

"시바타 짱은 혹시 무슨 거짓말하고 있는 거 있어?"

나는 "응." 하며 손을 흔들었다. 호소노 씨도 손을 흔들었다.

나올 때보다 조금 얌전해진 배를 쓰다듬으면서 비탈길을 내려갔다. 스마트폰 손전등으로 발밑을 비추고 담벼락을 짚어 가며 한 걸음 한 걸음 천천히 내려갔다. 겨우 다 내려와서 남쪽 하늘을 올려다보니 아까 그 빨간 별이 보였다. 별은 규칙적으로 깜빡이며 이동했다.

집에 가면 방의 불부터 켜야겠다.

임신 38주 차

5월 황금연휴가 시작되기 직전에 아기의 위치가 살짝 밑으로 내려왔다. 산모 수첩 앱을 보니 특별히 문제가 있는 게 아니라 출산이 임박한 것이라고 했다. 이전보다 더 거동이 힘들어졌지만 호흡은 조금 수월해졌다. 발로 차는 것에도 익숙해져서 밤에 잠도 잘 자고 식욕도 다시 돌아왔다. 나는 스마트폰으로 '임신 후기 걸음걸이'를 검색했다.

정기 검진을 받으러 가면 의사 선생님이 매번 초음파를 보여 줬다. 아기의 모습이 점점 또렷해지고 있었다. 지난번에는 아기가 손가락으로 브이를 하고 있는 모습을 보고 우리 애가 천재인가 싶었다.

에어로빅은 여전히 격렬해서 출산이 아니라 운동하다가 죽겠다 싶은 적이 한두 번이 아니었지만 아직은 그만두지 않았다. 그러고 보니 격렬하게 춤을 추던 형광 파랑 티셔츠의 여자가 언제부턴가 보이지 않았다. 무사히 출산했을까? 그랬으면 좋겠다.

탈의실에서 옷을 갈아입는데 칼리 씨가 향이 좋은 보디크림을 줬다. 친정 쪽에서 출산할 계획이라 이번 주에 친정으로 간다고 했다.

"아기 태어나면 알려 주세요. 여기 있는 병원에서 낳을 거죠? 나도 애 낳고 좀 있다가 집으로 올 거니까 진정되면 라이브 공연 같이 가요. 매번 묻는다, 묻는다, 하고 못 물어봤는데 시바타 짱 스마트폰 케이스 라이브 굿즈죠? 나도 그 아티스트 좋아하거든요. 꼭 같이 가요. 애는 각자 남편한테 맡기고요."

"그랬구나. 같이 가자. 꼭."

연휴에는 어디를 가나 붐비므로 대부분의 시간을 집에서 보냈다. 지난주에 보고 싶었던 영화를 봤고, 미술관도 다녀왔다. 평일의 미술관은 한산했다.

"색감이 정말 대단하지 않아?"

"진짜 천재야."

　고흐 그림 앞에서 두 사모님이 하는 말을 듣다가 문득 이 대화 내용을 고흐에게 전해 주고 싶어졌다. 살아생전에 그림이 한 장밖에 팔리지 않았다는 그 화가에게. 미술관의 뮤지엄 숍에서 해바라기 명화 손수건을 샀다. 다음 날부터 황금연휴가 시작됐다.

　연휴 내내 날씨가 정말 좋았다. 눈꺼풀을 그대로 통과해 버릴 것 같은 파란 하늘이 펼쳐진 데에다 초여름의 기운이 스며드는 덕분에 집에만 있는데도 들뜬 마음이 전염되는 것 같았다. 아무 데도 놀러 가지 않는 대신 강변에 있는 젤라토 가게에는 매일 갔다. 산책 삼아 나가서 젤라토를 사 가지고 와서는 베란다에 의자를 내다 놓고 앉아 먹었다. 선글라스를 끼고 티셔츠에 짧은 반바지 차림으로 드러누워 눈을 감고 배를 쓰다듬으면 이탈리아의 어느 리조트에 와 있는 듯한 기분이 들었다. 그러면서 "따뜻하지. 기분 좋지." 하고 말을 걸면 배가 움직였다.

연휴 마지막 날 오전에 모모이한테 라인 메시지가 오더니 저녁에는 유키노한테서 전화가 왔다. 전에 다니던 회사 동기 중 한 명이 결혼해서 신혼집을 지었는데 다음 달에 집들이를 한단다. "시바타, 어떻게 할래?"라고 유키노가 묻기에 "요즘 좀 바빠서 난 빠질래."라며 거절했다. 한참 잡담을 하다가 전화를 끊으려는데 유키노가 "아 참, 나 이혼했어." 하고는 바로 전화를 끊으려고 했다. 놀라서 어떻게 된 일인지 자초지종을 물었다. 유키노는 늘 다른 사람들은 생각지도 못하는 걸 먼저 경험했다. 어쩌면 다들 그러는데 나만 모르는 걸 수도 있지만. 아무튼 유키노는 솔직하게 다 말해 줬다. 친절한 유키노 씨.

그날 밤 침대에 누웠는데 통 잠이 오지 않았다. 음식을 하면서 들은 라디오 디제이의 목소리, 벽에 붙어 있는 밴드 포스터, 이야기를 나눠 본 적이 거의 없는 회사 사람이 손톱을 깨무는 모습 등이 어둠 속에서 뒤죽박죽 떠오르다가 사라졌고, 이런 잡념들은 나를 어딘가에 가두고 있었다. 모든 걸 품고 있지만 앞도 뒤도 소리도 시간도 없는 공간에서 한참을 떠돌다 일어나 불을 켰다. 깜빡했네.
스마트폰의 푸른 불빛 때문에 실눈을 겨우 떴다. 나는 산모 수첩 앱을 열어 오늘을 기록했다. 오늘 먹은 것, 운동량, 아기의 상태. 말이 말을 불러왔다. 입력을 하고 '확인'을 누르자 '축하합니다! 오늘로 기록 100일째입니다'라는 메시지가 떴다. 스스로 만족스러워하며 불을 껐다. 이번에는 잠이 벽을 뚫고 나를 마중 나왔다. 나는 현실과 꿈의 중간쯤으로 돌아왔다.

임신 39주 차

《공인 중개사 1 기초 테스트》,《민법이 뭐야? 공인 중개 시험은 여기부터 시리즈》 표지에 큼지막한 제목과 분홍, 파랑이 뒤섞인 도형 그림이 있었다. 왜 교과서나 참고서의 표지에는 기하학무늬가 많을까? 어디에도 실존하지 않는 도형들인데. 적당히 책을 펼쳐 페이지를 쭉 넘기자 꽉 눌려 있던 새 책이 풀의 마법에서 풀려났다. 참고서는 학창 시절부터 변한 게 없었다. 새 책 냄새도 여전했다.

킬림 위에서 뒹굴뒹굴하며 참고서를 훑어봤는데 생소했으나 꽤 도움이 될 것 같았다. 어른이 돼서 펼쳐 본 이 책이 나를 지금 있는 곳에서 탈출시켜 줄지도 몰랐다.

"엄마가 공부 좀 해 보려고."

텔레비전을 끈 게 불만인지 배를 톡톡 차는 발을 달래며 선언했다.

임신 40주 차

예정일보다 4일 빨랐다. 밖은 아직 어두웠고 꿈속에서 강제로 끌려 나와 비몽사몽간이었지만 몸속에서 무슨 일이 벌어지고 있다는 사실을 직감적으로 알 수 있었다. 옆으로 눕자 처음에는 생리통 같은 통증이 가끔 약하게 오는 정도였다가 통증이 점점 더 심해지고 간격도 짧아졌다. 속옷을 보니 피가 비쳤다. 처음 보고 겪는 일에 식은땀이 멈추지 않고 목소리가 나오지 않는 와중에도 마음속으로 애원했다. 신앙심이라기보다는 공감에 가까운 마음이었다.

마리아, 아니, 마리아님, 당신은 생각할수록 정말 대단해요. 당신도 틀림없이 많이 불안했을 거예요. 목수 남편과 말밖에 없는 상황에서 아기 예수를 낳았으니까요. 출산 후에도 찾아온 사람들이라는 게 천사에 동방 박사들이었으니. 실은 산부인과 의사나 간호사가 왔으면 했죠? 그때도 그런 사람들이 있었으려나? 12월이라 추웠죠? 아니지, 팔레스타인 날씨는 어땠으려나? 더웠으려나? 여전히 모르는 게 많아서 미안해요.

일단 여기는 일본이고 5월이에요. 5월생은 어린이집 구하기도 좋다고 하더라고요. 요즘은 아이를 낳고도 일하고 싶어 하는 여자들이 많아요. 사실 엄밀히 말하자면 일을 하지 않으면 도저히 애를 키울 수 없는 여자들이 많은 거죠. 일할 때 애를 맡길 곳이 없어서 어린이집을 알아봐야 하는데 일본에서는 이걸 '보활(保活)'이라고 해요. 지하루 씨네 딸 쌍둥이는 3월생인데요. 글쎄, 일본은 학교도 그렇고 회사도 다 4월에 시작해서 어린이집 구하느라 엄청 고생했대요. 애를 낳아도 지옥, 안 낳아도 지옥이라고 하니 대체 일본은 왜 이러나 싶네요. 자그마치 2천 년이란 세월이 흘렀는데 말이죠. 다음에 한번 보러 오세요.

어린이집은 나도 꽤 알아봤어요. 제도나 지원금에 대해서도요. 옛날보다는 좀 나아졌더라고요? 저를 말도 안 되는 곳에 방치할 것 같으면 거짓말이라도 해서 제 스스로를 담보로 잡아야겠다고 생각했어요. 혼자건 누구랑 같이 있건 간에요. 세상을 모두 적으로 돌리더라도요.

나는 침대에서 일어나 양말부터 신었다.

생후 12개월

이제는 부장님을 뺀 부서원 전체가 손님에게 커피를 내갈 수 있게 됐다.

"녹차도 있어요."

히가시나카노 씨가 신이 나서 보여 줬다. 티백이겠거니 했는데 웬걸, 다기에 찻잎을 넣고 제대로 우려내고 있었다. 잎차는 로하코(일본의 온라인 생활용품 쇼핑몰 - 옮긴이)에서 한꺼번에 주문한다고 했다.

육아 휴직을 마치고 직장에 복귀하니 부서 분위기가 아주 조금 달라져 있었다. 전화벨이 네 번 정도 울리면 서로 미루지 않고 누군가 받았다. 우편물과 팩스 용지가 쌓여 있으면 먼저 본 사람이 담당자별로 나눠 줬다. 복사기의 잉크 카트리지가 떨어지면 못 본 척하지 않고 교체했다. 바닥에 뭐가 떨어져 있으면 바로 주웠다. 과자가 선물로 들어오면 한 명이 부서원 전원의 자리를 돌면서 나눠 주는 일도 사라졌다. 대신 '과자 두는 책상'을 정해 놓고 거기에 갖다 두면 각자 알아서 먹는 방식으로 바뀌었다. 오늘은 다나카 씨가 바움쿠헨(여러 겹으로 된 독일식 케이크 - 옮긴이)을 자르고 있었다.

"소라토, 정말 귀여워요."

히가시나카노 씨가 만면에 미소를 띠고 보던 스마트폰을 돌려줬다.

인스타그램에서 소라토와 같은 작년 5월생 남자아이의 엄마 계정을 팔로우한 다음, 거기 올라오는 사진과 동영상을 저장했다가 아이 사진이 보고 싶다는 사람이 있으면 보여 줬다. 덕분에 소라토는 쑥쑥 잘 자랐다. 아이는 최근에 물건을 짚고 설 수 있게 됐다. 좋아하는 장난감은 삭삭 모래 소리가 나는 바다사자 인형이었다. 좋아하는 음악이 나오면 신나서 엉덩이를 흔들었다. 혹여 이 아이의 엄마가 악성 댓글에 시달리는 일이 생기더라도 부디 SNS를 닫지 말고 꿋꿋이 사진을 올려 주길 바랐다. 소라토에 대한 주변 사람들의 관심이 사라질 때까지만이라도.

"아이가 태어나도 일하기 좋은 환경이라고 생각해요. 출산 휴가, 육아 휴직도 눈치 안 보고 낼 수 있고 어린이집에서 아이가 열이 났다고 연락이 오면 갑자기 조퇴해야 하는데 그럴 때도 주변에서 다 커버해 주세요. 원래 애들은 열이 잘 나거든요."

"저희도 수시로 연락이 와요. 솔직히 가끔 남편한테 부탁하고 싶을 때도 있지만 일단은 친정이 가까워서 도움을 많이 받고 있어요. 여러분! 안 좋은 얘기는 하지 않겠습니다. 협조적인 남자 친구를 만나세요!"

오늘 하루를 위해 대절한 작은 홀에 예의 바른 웃음소리가 흘러나오자 인사과 담당자 두 명이 만족스러운 듯 회장을 둘러봤다.

오늘은 신규 졸업자들을 대상으로 한 취업 설명회가 있는 날이었다. '커리어와 앞으로의 삶을 생각하는 세미나'라는 거창한 타이틀을 내건 자리에 어찌된 일인지 여학생들만 잔뜩 모였다. 각 부서별로 '출산 휴가와 육아 휴직 경험이 있는 여직원(25~44세)'을 보내 달라는 업무 협조 요청이 왔고, 나를 포함한 몇 명이 단상에 올라 이야기를 하기로 돼 있었다. 인사과 사람 중 하나가 마이크를 집어 들었다.

"시바타 씨도 작년에 아이가 태어났고 이번 달에 복귀하셨죠? 어떠신가요?"

그 직원은 내 쪽을 보면서 눈짓했다. 앞머리를 단정하게 손질한 여직원이 "말씀 부탁드립니다." 하며 웃는데 다람쥐 같은 보조개가 패였다. 이 여직원은 내가 육아 휴직 중일 때 입사했기 때문에 같이 뭘 하는 건 처음이었다. 옅은 베이지색 정장이 꽤 좋아 보였다. 오늘 설명회를 위해 입고 온 거겠지? 나는 마이크의 스위치를 켰다.

"네. 복귀한 지 얼마 안 됐지만…… 일하기 좋습니다. 지금도 같은 부서분들이 배려해 주셔서 어린이집으로 아이를 데리러 가기 위해 다섯 시 조금 넘으면 퇴근합니다."

"좋네요. 업무 내용은 바뀌었나요? 그리고 가족분들의 도움이나 향후 커리어에 대해서도 말씀해 주시겠어요?"

나는 잠시 생각한 다음 이야기를 이어 갔다.

"업무 내용…… 글쎄요. 기본적인 업무는 출산 전과 별로 달라진 건 없고요. 임신한 이후로는 차 대접이나 냉장고 청소 같은 잡무가 줄어서 일에 더 집중할 수 있게 됐습니다. 가족들의 도움 같은 경우는 제가 미혼이라 남편이 없어서요. 그리고 친정에는 아이 이야기를 하지 않았어요. 손이 많이 가지 않는 아이라서 다행이라고 생각하고 있습니다. 밤에 우는 일도 없고요. 커리어적으로는 혹시 모를 이직을 염두에 두고 자격시험 공부를 하는 중입니다."

인사과의 고참 직원이 당황해서 다른 사람에게 이야기를 돌렸다. 옆에 있는 여직원의 다람쥐 같은 보조개가 사라져 있었다. 조금 미안한 마음이 들었다. 나중에 저 여직원에게 사과해야 하나? 그런데, 뭘?

다른 사람의 이야기를 들으면서 나는 정장 차림의 학생들을 둘러봤다. 몇 명이나 될까? 다들 일에 대한 의욕과 미래에 대한 희망을 안은 채 아이를 낳고 싶어 하는 걸까? 그래. 나도 낳고 싶다. 가능하면 둘째는 서른일곱쯤에.

소설에 등장하는 지관 공장 장면에서 일본 지관 공업 주식회사, 다이산시카 공업 주식회사 여러분의 도움을 받았습니다. 이 자리를 빌려 진심으로 감사의 말씀을 드립니다.

가짜 산모 수첩

1판 1쇄 인쇄   2021년 12월 7일
1판 1쇄 발행   2021년 12월 21일

지은이   야기 에미
옮긴이   윤지나

발행인   황민호
본부장   박정훈
책임편집   강경양
편집기획   김순란 한지은 김사라
마케팅   조안나 이유진 이나경
국제판권   이주은 김준혜
제작   심상운

발행처   대원씨아이㈜
주소   서울특별시 용산구 한강대로15길 9-12
전화   (02)2071-2094
팩스   (02)749-2105
등록   제3-563호
등록일자   1992년 5월 11일

ISBN   979-11-362-9266-7 03830